Matthias Oeribauer

Seitensprünge

Schwank in vier Akten

Matthias Oeribauer

Seitensprünge
Schwank in vier Akten

ISBN/EAN: 9783743312197

Hergestellt in Europa, USA, Kanada, Australien, Japan

Cover: Foto ©Andreas Hilbeck / pixelio.de

Manufactured and distributed by brebook publishing software (www.brebook.com)

Matthias Oeribauer

Seitensprünge

Als Manuscript gedruckt.

Sowohl Aufführungs-, als Nachdrucks- und Uebersetzungsrecht vorbehalten.

Für sämmtliche Bühnen, im ausschließlichen Debit des Herrn Dr. O. F. Eirich, Hof- und Gerichts-Advokaten, Wien, I. Wipplingerstraße 29, und von diesem allein ist das Aufführungsrecht zu erwerben.

M. Oeribauer.

Seitensprünge.

Schwank in vier Acten

von

M. Oeribauer.

Dieses Manuscript darf von dem Empfänger weder verkauft, noch sonst irgendwie weiter begeben werden, und gilt das Aufführungsrecht nach vorher erfolgter Einigung über die Bedingnisse nur für ———— ———— Director ———— ———— und zwar nur für die Zeit, während welcher d————selbe die Direction d———— Theater———— in ———————————— inne hat, demnach weder für seinen Directions- oder Rechtsnachfolger an diesem Orte, noch für diese———— selbst, wenn d————selbe eine andere Direction übernehmen sollte, für diesen anderen Ort. Dr. O. F. Eirich.

Ein Buch kostet 1 fl. ö. W. resp. 1 Rm. 50 Pf.

Alle Rechte vorbehalten. — Ent. at Stat. Hall, London.

Wien, 1886.

Druck von Leo Reichell's Witwe in Baden bei Wien.

Verlag von Dr. O. F. Eirich.

Personen.

Vollauf, Fabrikant.
Adele, seine Frau.
Frida \
Luise / seine Schwestern.
Föderl, Fabrikant.
Cäsar Frank, Maler.
Hector Fuchs, Bildhauer.
Janos Istvany, Gutsbesitzer.
Julsca, seine Frau.
Jacob Rosenstock, Banquier in Lemberg.
Laura, seine Frau.
Baronesse Himmelreich.
Frau Zeisl.
Mitzi \
Olga } deren Töchter.
Lili /
Stummer, Werkmeister bei Vollauf.
Marie, seine Schwester.
Sali \
Susi / seine Töchter.
Ignatz Steinböck, Kunstschlosser.
Franz Sommer, Kunsttischler.
Peter, Frank's Diener.
Ein Polizeikommissär.
Ein Kellner.

Nachbarsleute, Ballgäste, Schlittschuhläufer.

I. Act.

Großes etwas altmodisch möblirtes Zimmer. Rechts zwei Fenster auf die Gasse, mit herabgelassenen weißen Vorhängen. Mitten und links je eine Thür. Auf einem bei Seite geschobenen Tische brennt eine Petroleumlampe. In die Mitte des Zimmers ist ein Ankleidespiegel vorgerückt, und von mehreren Kerzen beleuchtet.

1. Scene.

Marie, Sali, Susi, Stummer, mehrere weibliche **Nachbarsleute.**

Beim Aufziehen des Vorhanges ist **Marie** beschäftigt, an **Sali** und **Susi** vor dem Ankleidespiegel die Balltoilette zu vollenden, während mehrere weibliche Nachbarsleute die Mittelthüre geöffnet haben und noch unter derselben neugierig in's Zimmer blicken. **Stummer,** in schwarzer, altmodischer Kleidung, stopft sich die Pfeife.

Nachbarsleute (sich unter der halb geöffneten Thür drängend). Ist's schon erlaubt?

Marie (zu den Nachbarsleuten abwehrend). Die Mädel sind noch nicht fertig für den Ball.

Nachbarsleute. Wann können wir sie denn sehen?

Marie. In einer halben Stunde.

Mehrere (bewundernd). Na, ist die Susi schön!

Andere. Und erst die Sali!

Marie (geht vom Spiegel weg, um die Mittelthüre wieder zu schließen, zu den Nachbarsleuten, dieselben herausdrängend). Es zieht ja. Wir bitten, etwas später. (Hat die Thüre geschlossen, so daß die Nachbarsleute hinausgesperrt sind.) Ist das eine Neugierde von den Leuten! (Geht wieder zum Spiegel, an Sali und Susi die Balltoilette zu vollenden.)

Sali. Und ein Neid.

Marie. Die ganze Nachbarschaft ist rebellisch! Es macht halt Aufsehen, daß wir als arme "Fünf Gulden-

Männer-Mädel" bei einem „oberen Zehntausender" auf'n Ball geladen sind!

Stummer (zündet sich die Pfeife an, mürrisch). Das ist's ja eben! Hab' die Einladung ohnehin nicht annehmen wollen! Denn eigentlich passen wir armen Leut' nicht unter die Reichen.

Marie (zu Stummer). Warum denn nicht? Da schau Deine Mädel an. Seh'n sie nicht wie Prinzessinnen aus?

Stummer (dampft). Was aber die Ballsachen für ein Heidengeld kosten! Hätt' lieber einer Jeden die sechzig — siebzig Gulden in's Sparcassabüch'l hineingelegt.

Marie (zu Stummer). Man ist auch seiner Reputation etwas schuldig! Bist Du nicht schon zweiundvierzig Jahre in der Vollauf'schen Fabrik?!

Sali (einfallend). Ja, dreißig Jahre unterm alten Herrn v. Vollauf, und dann zwölf Jahre beim jungen Herrn.

Susi (zustimmend). Und heute ehrt der Sohn, der junge Herr v. Vollauf, den alten Diener seines Vaters und seinen ersten Werkführer mit der Einladung auf seinen Hausball.

Sali. Und das ist doch sehr schön vom jüngeren Herrn v. Vollauf, der ist halt auch schon ein Demokrat.

Stummer (brummig). Ach freilich! Gegen so bildsaubere junge Mädel haben die Fabriksherrn ja immer schon demokratische Anwandlungen gehabt.

Marie. Verdirb doch Deinen Töchtern nicht die Freud' mit solchen Reden!

Sali. Ja, Vater, das ist gar nicht hübsch von Dir, daß Du uns gar nicht sagst, ob wir Dir heut' gefallen.

Stummer (dampfend). Sauber seid Ihr, das ist richtig! Sollt' halt heut' Euere Mutter, meine selige Alte noch leben!

Sali (weinerlich, dabei sich kokett vor dem Spiegel drehend). Ja, unsere selige Mutter sollt' uns heut' sehen können!

Marie (zu Stummer). Du machst die Mädel noch ganz traurig!

Stummer (etwas lebhafter). Das soll nicht sein! Ihr sollt euch heut unterhalten und lustig sein und tanzen unt springen. Ich mein' aber etwas anderes. Wenn die Töchter 's erstemal auf einen Ball gehen, so gehört es sich, daß ihnen die Mutter vorher eine gute Lehre gibt. Und das will ich jetzt thun. Stellt Euch also vor, ich bin mein verstorbenes Weib, Euere selige Mutter.

Sali (hustend). D' Mutter hätt' aber dabei nicht geraucht!

Marie (will Stummer die Pfeife aus dem Munde nehmen). Aber Bruder! Du rauchst ja die Mädel an, als ob sie Meerschaumköpfe wären! Wir bringen ja einen Geruch mit in den Salon, als ob wir wären aus einer Kaserne ausgelassen worden!

Stummer (mürrisch). So ein Ball bringt Einen ganz aus der Ordnung. Ich kann doch meine frisch gestopfte Pfeife nicht ausgehen lassen! —

Marie (zu Stummer). So bitt ich Dich Bruder, rauche draußen weiter. Die gute Lehre werde schon ich den Mädeln geben. (Schiebt Stummer zur Mittelthür.)

Stummer (zu Marie). Aber mache Deine Sache gut! (Abgehend.) Ich kann doch die Pfeife nicht ganz ausgehen lassen! (Ab.)

2. Scene.

Marie, Sali, Susi, dann Stummer.

Marie. So Mädeln, jetzt sind wir unter uns. Habt Ihr nicht eine rechte Angst vor dem ersten noblichten Ball?

Sali (schnell). Ich gar nicht!

Susi (gleichzeitig). Ein Bisserl wohl!

Marie (zur Sali). Ja, man darf die Sache nicht zu leicht nehmen. O, so ein erster Ball hat schon Manche lebenslänglich glücklich, aber auch Viele für ihr ganzes Leben unglücklich gemacht!

Sali (für sich). Gott sei Dank, ich hab' schon mein' F r a n z l.

Marie (zu Beiden.) Seid nur auf Euerer Hut! Die meisten reichen G'schwufen haben's auf arme Mädchen abgesehen!

Sali. O ich werd' einem Fabrikantensöhnchen nur so in's Gesicht lachen.

Marie (zu Sali). Du warst noch nie im Feuer, daß Du so sprichst. — Und noch Eines: Ihr müßt Euch auch bei der C o n v e r s a t i o n zusammennehmen. (Betrachtet Beide.)

So jetzt seid Ihr fertig mit der Toilette. — Und dann müßt Ihr auch zeigen, daß Ihr etwas vorstellt, daß Ihr etwas leisten könnt, daß Ihr etwas gelernt habt.

Sali. Zum Beispiel, Tante?

Marie. Zum Beispiel könnt Ihr in die Conversation einfließen lassen, daß Ihr jede zwei Nähmaschinen habt — daß Ihr im Kloster kochen gelernt habt — und was man halt sonst in eine kleine Haushaltung braucht.

Susi. Aber Tante, w i r gehen ja gar nicht auf Eroberungen aus. Und darum kannst Du Dir alle weiteren guten Lehren ersparen. (Für sich.) Ich habe ja schon mein' N a t z l!

3. Scene.

Vorige, Stummer (tritt durch die Mittelthür ein, aus der Pfeife dampfend und brummig.)

Stummer. Schöne Geschichten das! Draußen steht ein viersitziger Fiaker für Euch. Wer von Euch hat so noble Bekanntschaften? He?

Marie, Sali, Susi (erstaunt, zugleich). Ein viersitziger Fiaker?

Marie (zu Stummer, schmeichelnd). Müßtest nur Du so galant gewesen sein!

Stummer (strenge). Oder der Herr v. Föderl! 's wird aber schon der Herr v. Föderl sein. Der Fiaker behauptet wenigstens, daß der Herr v. Föderl ihn herbestellt hat, um Euch auf'n Ball zu führen. Also heraus mit der Farbe!

Marie, Sali, Susi (entrüstet, zugleich). Aber das ist zu stark!

Stummer. Das meine ich auch. Also! Was ist's?

Marie (begütigend, zu Stummer). Gar nichts ist's! Der Viersitzige soll nur wieder nach Haus fahren.

Stummer. Der ist schon daheim. — Den hab' ich ordentlich heimg'schickt.

Marie (befriedigt). So ist's Recht! — Wie oft hab' ich den Herrn v. Föderl schon abgetrumpft! Und immer wieder steigt er mir nach! (Zu Stummer.) Vor ein paar Tagen schickt er mir gar einen Brief mit drei Karten zu einem Masken=ball und will uns richtig heute mit einem Fiaker abholen lassen!

Stummer. Und das Alles erfahre ich so hinterher, erst jetzt?

Marie. Der Brief sammt den Karten ist gleich in den Ofen geflogen.

Sali (zu Stummer). Da hätten wir Dir alle Tage zu erzählen, was für Herrn uns nachsteigen. 's kostet mich immer nur einen Lacher.

Stummer (kleinlaut). 's ist halt ein Kreuz, daß Euere selige Mutter nicht mehr lebt! Wenn nur der heutige Ball schon glücklich vorüber wäre!

Marie. Auf mich und Deine Mädel kannst Du Dich verlassen.

Stummer. Ich will's hoffen. (Sieht auf die Uhr.) 's wird bald Zeit sein. Sonst kommen wir als die Letzten an.

Marie. Die Mädel sind schon fertig und ich brauche auch nicht mehr lang.

Stummer. Sonst hab' ich um die Zeit mein Nachtmahl schon im Leib gehabt! So ein Ball bringt Einen ganz aus der Ordnung.

Marie (zu Stummer). Kannst ja noch schnell hinüberschauen zur „Weißen Gans", unterdessen bin ich auch fertig.

Stummer. Eigentlich muß ich mir doch meinen Hunger für den Ball aufheben. Die Frau v. Pollanz wäre sehr böse, wenn ich ohne Appetit kommen würde.

Susi. Der „Weiße Gans"-Wirth hat heute abgestochen, da gibt's Deine Leibspeise: Plunzen (Blutwürste) mit Kraut und Erdäpfel.

Stummer. Richtig! Und mit so einer Kleinigkeit verderb' ich mir auch nicht den Appetit. Also richtet Euch unterdessen zusammen! (Mitten ab.)

4. Scene.

Marie, Sali, Susi, dann **Föderl.**

Marie. Dieser impertinente Tabakgeruch, den mein Bruder zurückgelassen. Ich muß doch schnell einen Parfüm holen.

Sali. Ja, liebe Tante, wir brauchen einen „Parfehm", für mich nehme: „Ylang-Ylang".

Susi. Für mich auch.

Sali. Dann nehme ich „Accumulator". Ich will meinen eigenen Geruch haben.

Marie. Es käme halt billiger, wenn wir alle drei mit einem Flacon genug hätten.

Susi. O ich brauche allein einen ganzen Flacon; von mir muß es nur so wegduften.

Marie (hat eilig ein Tuch umgenommen). Ich bin schnell wieder zurück. (Geht ab, bleibt aber plötzlich vor der Thüre stehen.) Jetzt steigt's mir erst in den Kopf, was sich dieser saubere Herr v. Föderl gegen uns erlaubt hat! Wenn mir d e r noch einmal in die Nähe kommt, d e m werde ich die Wahrheit ordentlich sagen. (Es wird geklopft.) Herein!

Föderl (in eleganter Balltoilette, tritt mitten ein). Meine Damen — sind Sie denn harb (böse) auf mich, daß Sie den Fiaker weggeschickt haben?

Marie, Sali, Susi (aufgebracht und gleichzeitig). Herr Föderl — das ist stark!

Föderl (verblüfft). Aber meine Damen, Sie sind also wirklich harb auf mich? (Zu Marie.) Ja, Fräulein Marie, haben Sie denn nicht meinen Brief erhalten?

Marie (kurz). Ja wohl — und auch sogleich in den Ofen expedirt.

Föderl. Ich falle aus allen meinen Himmeln! Die Damen sind also wirklich harb auf mich? Und ich habe geglaubt, daß Sie meine Einladung stillschweigend angenommen haben, weil sie mir nicht abschrieben.

Marie. Auf so einen Brief gehört keine Antwort.

Föderl. Aber warum denn nicht? Wenn Sie schon auf mich harb sind, so hätten Sie halt den Brief darnach geschrieben!

Marie. Lieber Herr Föderl! Das nützt ja bei Ihnen nichts! Wie oft habe ich Sie schon abgetrumpft!

Föderl. Die ersten paar Male sagt Jede nein! Aber in meinem Herzen lodert die Flamme viel zu heftig, als daß sie durch ein paar Nein ausgeblasen wäre.

Marie (spöttisch). So? Dann warten Sie nur ein paar Minuten, bis mein Bruder zurückkommt. Wenn der zum Ausblasen anfangt —

Föderl. Der brave alte Herr Stummer wäre also auch harb auf mich? Das begreife ich nicht. Ich bin doch ein Mann von Ansehen in der ganzen Nachbarschaft.

Marie. Je höher Sie, Herr Föderl, im Ansehen stehen, desto schneller ist es mit unserem Ansehen aus.

Föderl. Sie sehen aber doch, wie sehr ich mich für Sie interessire, Fräulein Marie. —

Marie. Solche Interessen kann unsereins nicht erschwingen, da gienge Einem das ganze Kapital darauf, der gute Ruf —

Föderl. Ich bitte, meine Damen, nicht harb zu sein auf mich, aber ich habe mir nicht anders helfen können. Als Junggeselle führe ich selbst kein Haus und so kann ich einen Anknüpfungspunkt nur auf der Straße oder mittels der Post suchen. (Zu Marie.) Und warum wollen Sie mich denn nicht ein Bisserl näher kennen lernen? Ich glaub', aus mir wäre noch etwas zu machen. Und es ist gewiß nicht meine Schuld, daß noch Keine d'rauf gekommen ist, wie das zu machen wäre.

Marie (spöttisch). O, Sie armes Opfer weiblichen Unverstandes! Wir einfältigen weiblichen Geschöpfe kennen nämlich nur Ein Mittel, aus einem Hagestolze noch Etwas zu machen und das heißt: Heirathen.

Föderl (macht bei dem Worte „Heirathen" unwillkürlich eine Bewegung, als hätte es ihm durch den ganzen Körper einen Riß gegeben).

Marie, Sali und **Susi** (fangen herzlich zu lachen an).

Marie (schiebt Föderl einen Sessel zu, im Tone mitleidigen Spottes). Um Himmelswillen, was ist Ihnen denn? Es hat Ihnen ja durch den ganzen Körper einen Riß gegeben! Nehmen S' Platz und erholen Sie sich!

Sali (im gleichen Tone). Ist Ihnen vielleicht eine Ader gesprungen?

Susi (zu Marie). Aber Tante, wie konntest Du Herrn Föderl so erschrecken!

Föderl (setzt sich, mit Humor). Sie sind sehr gütig, danke! (Vergnügt für sich.) Ich fasse Boden.

Marie (spöttisch). Geht es Ihnen schon besser?

Föderl (für sich). Jetzt kommt die Wendung. (Zu Marie, mit geheuchelter Liebesgluth.) O, nie war mir so gut zu Muthe, wie jetzt, wie in diesem Augenblicke, wo mich das Bekenntniß Ihrer Neigung zu dem Glücklichsten aller Sterblichen gemacht hat.

Marie (unwillig). Herr Föderl, Sie sündigen zu viel auf meine Nachsicht.

Föderl. Ihr Mittel, aus mir noch etwas zu machen, heißt doch: „Heirathen"? Und was ist die erste Voraussetzung dazu? Doch Liebe!

Marie (spöttisch). Aber Herr Föderl, muß denn ein Arzt, der einem Patienten ein Mittel verschreibt, das Medicament selbst einnehmen? Und dann sind Sie, wie es sich soeben gezeigt hat, für mein Mittel zu schwach. Sie sind ja schon halb ohnmächtig geworden, wie Sie nur mein Recept gehört haben. Und darum fahren Sie nur jetzt schnell auf Ihren Maskenball, dort finden Sie den richtigen Curort für Ihre Liebesschmerzen. Sie gehen übrigens ja gar nicht auf Freiersfüßen, sondern machen nur — „Seitensprünge"!

Föderl (scheinbar resignirt). Wenn's schon sein muß! Aber die Damen gehen doch, wie ich sehe, auch auf einen Ball? (Zu Sali und Susi.) Ich bin noch gar nicht dazu gekommen, Ihnen mein Compliment zu machen über Ihr entzückendes Aussehen.

Sali (zu Föderl, scherzend). Wollen Sie jetzt mir eine Liebeserklärung machen?

Susi (Föderl einen Sessel zuschiebend, lustig) Von Mädchen unserer Erziehung werden Sie immer nur das Wort „Heirathen" hören.

Föderl (mit Humor). Sie sehen meine Damen, ich erschrecke nicht mehr. Also reden wir weiter über diesen Punkt.

Marie (für sich, unwillig). Er ist nicht fortzubringen. (Zu Föderl.) Damit würden wir u n s e r e n Ball versäumen und ich habe noch Toilette zu machen.

Föderl. Dann bitte ich wenigstens um das Eine, mir zu sagen, welchen Ball Sie besuchen.

Marie (kurz). Einen Hausball.

Föderl (überrascht). Einen Hausball? Aber meine Damen, so ein Hausball ist ja unbändig fad (langweilig)!

Marie (spitzig) Im Allgemeinen vielleicht, aber auf d e m Platzerl, wo w i r stehen, tanzen und lachen, ist es ewig nicht fad!

Föderl. Einverstanden! Meine Damen, Sie sind die belebende, stärkende Würze jeder gemüthlichen Gesellschaft. Aber sagen Sie mir nur, wo ist denn seit der Stadterweiterung noch ein Vorstadthaus, in dem man einen Hausball geben kann, ohne daß Einer auf dem Kopfe des Anderen tanzt und schließlich die ganze Gesellschaft durchbricht?

Marie. Ja, für's Volk sind die Wohnungen kleiner geworden, aber die oberen Zehntausend haben sich dafür noch mehr Platz genommen. Und gerade von so einem „Oberenzehntausender" sind wir heute geladen.

Föderl. Ich kenne diesen ausgezeichneten Mann nicht, aber alle Achtung vor seinem Geschmacke, welchen er mit Ihrer Einladung an den Tag gelegt hat.

Marie. O, Sie kennen den Ballgeber sehr gut, es ist der Chef meines Bruders, der Fabriksbesitzer Herr v. Vollauf.

Föderl (freudig überrascht). Was? Mein alter Speci Vollauf? Der hat mich schon vor ein paar Wochen dazu eingeladen. Ich habe ihm aber damals gleich gesagt: „Lieber Freund, sei nicht harb, Du weißt, wir haben immer mit einander harmonirt, also kann ich Dir's sagen: Mach' keinen Unsinn, Hausbälle sind aus der Mode, sind unbändig fad und jedenfalls bin ich dazu nicht zu haben. Also sei nicht harb, ich komme nicht, und ich lasse auch Deine Frau um Verzeihung bitten, wenn ich mich davon losschraube". So beiläufig habe ich vor drei Wochen meinem Spezi Vollauf abgesagt. — Ja freilich! Wenn mir der Vollauf gleich gesagt hätte: Es kommen auch die schönen Stummer'schen Fräulein dann hätte ich den heutigen Abend gar nicht erwarten können. Also meine Damen: Ich engagire mich gleich auf alle Tänze.

Marie (freundlich). Engagements werden erst im Ballsaale angenommen.

Föderl. Schade, daß es da keine Vormerkgebühren gibt! Aber es macht nichts! Ich eile voraus, um **der Erste** bei Vollauf zu sein. Der wird Augen machen, wenn ich doch gekommen bin. Meine Damen, seien S' nicht harb wegen meiner heutigen -- Ungeschicklichkeit. Der Zufall hat einen viel besseren Einfall gehabt, wie ich eine Nacht in Ihrer Gesellschaft zubringen kann. (Sich empfehlend.) Also, es gibt ein Wiedersehen. (Ab.)

5. Scene.

Marie, Sali, Susi, dann Stummer.

Marie (Föderl nachblickend, etwas beengt). Man kann ihm doch nicht ganz böse sein, es steckt etwas Aufrichtiges, Herzliches in diesem leider zu flotten Menschen.

Sali. Und verliebt ist er in Dich ganz gehörig, Du bist für heute schon mit einem Courmacher versorgt.

Marie. Ein Courmacher ohne Aussichten ist ein sehr schwaches Vergnügen. Der reiche Fabrikant will ja doch nur mit mir spielen.

Stummer (tritt mitten ein, mürrisch und aus der Pfeife dampfend). Jetzt fangt's gar zu regnen an!

Sali und Susi (erschreckt). Es regnet?

Marie (zu Stummer). Folglich brauchen wir einen Wagen. Geh', Bruder, hole uns schnell einen Viersitzigen!

Stummer (mürrisch). Freilich — nur nobel!

Marie. Bist Du heute ein zuwiderer Mensch, und schon wieder die Pfeife!

Stummer (Susi und Sali betrachtend). So abgegangen, wie heute, ist mir meine selige Alte noch nie!

Sali (zu Stummer). Unsere selige Mutter wäre aber auch schon längst um einen Wagen gelaufen.

Marie. So werde halt ich einen Viersitzigen holen; ich muß ohnehin um einen „Parfehm" geh'n. (Will abgehen.)

Stummer (nimmt einen großen Regenschirm). Ihr seid ja mudelsauber! Sollt nicht naß werden! Also einen Viersitzigen! Anders geht's heute schon nicht! (Geht mit Marie ab.)

6. Scene.

Sali, Susi, dann Franz und Ignatz.

Sali. Jetzt wären wir einen Augenblick allein, da könnten wir unsere Liebhaber schnell hereinlassen. (Geht zum Gassenfenster, schiebt den Vorhang etwas bei Seite und schaut hinaus.)

Susi. Ja, ja, wir haben ihnen ja versprochen, daß sie kommen dürfen, uns anzuschauen, wenn es möglich ist.

Sali (freudig). Mein Franzl steht schon draußen auf der Lauer und Dein Nazl auch. (Winkt durch's Fenster und tritt dann weg.)

Susi (sich selbstgefällig im Spiegel betrachtend). Mein Nazl wird närrisch, wenn er mich jetzt so sieht!

Franz und **Ignatz** (beide im Arbeitergewande, treten mitten ein). Dürfen wir herein?

Sali (zu Franz). Nur für einen Augenblick. Der Vater und die Tante werden gleich zurück sein. (Selbstgefällig sich herumdrehend.) Na, was sagst Du?

Franz (betrachtet die Sali mit Entzücken und schweigt).

Susi (zu Ignatz). Und Dir fällt auch kein Compliment ein?

Ignatz (eifersüchtig). Hast Du Dich etwa für mich so herausgeputzt? Wirst ja die ganze Nacht genug Complimente hören von den noblichten Herren! Wirst die ganze Nacht springen und tanzen und lustig sein, während ich — O, ich weiß schon, wie ich mir die Nacht vertreiben werde. Ich gehe zum „Schwender" und dort wird mit den feschesten Mädeln getanzt.

Susi (zu Ignatz, eifersüchtig). Das wirst Du nicht, sonst ist es aus mit uns zweien.

Ignatz. So? Das könnte ich ja auch sagen.

Susi (wischt sich die Thränen aus den Augen). O, Du bist ein garstiger Mensch, Du willst mir meine ganze Freude verderben.

Ignatz (trotzig). Du sollst nur bei mir eine Freude haben.

Sali (zu Franz). Und Du redest gar nichts? (Weinerlich.) Gehst etwa auch zum Schwender?

Franz (mit Wärme). Nein Sali! Ich hätte nur Einen Wunsch

Sali (freundlich). Nun, so red' —

Franzl. Ich möchte auf Deine Schleppe mit großen Buchstaben d'rauf schreiben: „Die gehört mir"! Und darunter meinen Namen: „Franz Sommer" mit einem großen Manupropria, das über die ganze Schleppe hinabgeht. Damit's die Tänzer wissen, daß ich der Glückliche bin, der so ein' lieben Schatz hat.

Sali (glücklich). O, Du bist und bleibst halt mein lieber guter Franzl. (Will ihn küssen.) Dafür kriegst Du auch ein Busserl. (Sich schnell zurückziehend.) Morgen, jetzt geht's nicht, 's ist wegen der Toilette.

Franz (sich betrachtend und entschuldigend). Freilich, wir sind gleich von der Arbeit weg hergeeilt. Aber da ist ja gleich geholfen, man hängt halt etwas um. (Legt schnell die Schürze ab und zieht seinen Arbeitsrock aus.) Mit Verlaub. Und jetzt gib etwas zum Umhängen her, denn ein Busserl muß ich kriegen und einmal muß ich auch mit Dir herumtanzen.

Sali. Ja, das erlaub' ich Dir. Aber was nehmen wir nur? (Eilt zum Schubladkasten und nimmt ein Leintuch heraus). Da, nimm das Leintuch vor.

Franz (bindet zwei Enden des Leintuches um den Hals zusammen, so daß er darin halb eingehüllt ist). Das ist gewiß die einfachste Balltoilette!

Sali (hat ein zweites Leintuch aus der Lade genommen und gibt es Ignatz). Vielleicht auch so etwas gefällig, Sie Othello übereinander?

Ignatz (nimmt das Leintuch). Danke schön! (Besänftigend zu Susi.) Schau, Susi! Ich habe Dich halt so gerne, daß ich mich ganz unglücklich fühle, wenn Du ohne mich wo eine Unterhaltung findest. (Legt schnell Schürze und Rock ab und bindet sich das Leintuch um.) Darf ich auch so eine Toilette machen?

Susi. Na, diesmal will ich Dir noch verzeihen. (Neckend.) Ich erlaube Dir sogar, heute noch zum „Schwender" zu gehen.

Ignatz. Du sollst mich schon kennen! Ich rede nur jetzt manches Mal so zornig daher, das wird aber Alles anders sein, wenn ich Dich als mein Weiberl für ewig besitzen werde.

Susi. Da sollst Du halt sehr bald mit meinem Vater darüber reden. Du hast jetzt schon die Militärzeit hinter Dir und ein' guten Verdienst.

Ignatz. Es wäre halt doch am besten, wenn Ihr Mädel zuerst bei Euerem Vater ein Wort über uns fallen ließet.

Susi. O, da haben wir zu viel Angst vor unserem Vater!

Franz. So? Dann getrauen wir uns gar nicht.

Sali (ängstlich). Jetzt nur schnell, der Vater wird gleich zurück sein.

Franz (nimmt die Sali zum Tanze). Sali, ich lasse Dich den ganzen Abend nimmer aus. (Küßt sie.)

Ignatz (nimmt die Sali zum Tanze und küßt sie). Jetzt probiren wir einen Walzer — d' Musik machen wir uns selbst. (Fängt eine Walzer-Melodie zu pfeifen an.)

Beide Paare (tanzen einen Walzer, wozu Franz und Ignatz die Melodie pfeifen).

Ignatz. Jetzt kommt nach unserer Tanzordnung eine „Zepperl-Polka". (Fängt eine Polka-Melodie zu pfeifen an).

Beide Paare (tanzen eine Polka, wozu Franz und Ignatz die Melodie pfeifen).

Franz (begeistert zu Sali). Das war schon der höchste der Genüsse! Jetzt lasse Dich nochmals von allen Seiten betrachten.

Sali (dreht sich um). Merk Dir's nur ganz genau, wie ich jetzt ansech'.

Ignatz (eifersüchtig und aufgeregt zu Susi). Susi, ich bringe Dich morgen um, wenn Du mir heute Nacht untreu wirst.

Susi (betrübt). Fangst schon wieder an?

Sali (drängend.) Aber jetzt sehet zu, daß Ihr fort kommt. Der Vater und die Tante können gleich zurück sein.

Ignatz. Vorerst noch ein Bisserl Galopp; ich muß noch ein' Galopp haben. (Nimmt leidenschaftlich die Susi zum Tanze und fängt eine Galopp-Melodie zu pfeifen an.)

Franz (nimmt die Sali zum Tanze). Ja, schnell noch einen Galopp.

Beide Paare (tanzen stürmisch einen Galopp, wozu Franz und Ignatz die Melodie pfeifen. Während sie im Zimmer herumfliegen, tritt plötzlich durch die Mitte Stummer ein, ohne von den Tanzenden sogleich bemerkt zu werden).

7. Scene.

Vorige, Stummer.

Stummer (erstaunt). Ja, was geht denn da vor? Sind das Mandln oder Weib'ln? (Ruft.) He, Sali! Susi!

Sali und Susi (erschreckt). Der Vater! (Lassen ihre Tänzer los.)

Franz und Ignatz (versuchen schnell das Leintuch abzulegen, ohne daß es ihnen gelingt. Dann lassen sie sich schnell auf die Knie nieder und halten jeder das umgehängte Leintuch mit ausgespannten Armen über den Kopf vor sich, so daß jeder, wie hinter einem Vorhange versteckt erscheint).

Stummer (zu Sali und Susi). So hintergeht Ihr Eueren Vater, wenn er für ein paar Minuten weggeht?

Susi. Wir haben halt plötzlich eine große Angst kriegt, ob wir heut' ordentlich tanzen können und da haben wir schnell eine Probe gehalten.

Stummer. So! Jetzt möchte ich aber auch die Tanzmeister kennen lernen. (Auf den hinterm Leintuch versteckten Franz weisend.) Was ist denn das für ein Geist?

Sali (ängstlich). Das?

Stummer. Ja! Das da.

Sali. Das da -- das ist der junge F r a n z S o m m e r — aus der Nachbarschaft.

Stummer. So! (Zu Franz.) Sie junger Herr! Kommen Sie ein bisserl hervor aus der Wäsche.

Franz (steht auf und läßt das Leintuch los). Da bin ich schon, Herr Stummer.

Stummer (zu Franz). Sie sind also der Sohn vom alten Herrn Sommer aus der Lichtensteinstraße? Ich kenne Ihren Vater. Ist ein reeller Mann (auf Ignatz weisend). Und was ist denn das da?

Susi (ängstlich). Das da?

Stummer. Ja, das da!

Susi. Das da — das da ist der junge J g n a tz S t e i n b ö ck — aus der Nachbarschaft.

Stummer. So! (Zu Ignatz.) Sie, junger Herr, lassen Sie sich auch ein bisserl näher anschau'n. —

Ignatz (steht auf und läßt das Leintuch los). Wünsch' guten Abend, Herr Stummer!

Stummer (zu Ignatz). Sie sind also der Sohn vom alten Herrn Steinböck. Ist ein reeller Mann Ihr Herr Vater. (Zu Susi und Sali.) Das sind also euere Tanzmeister, oder sagen wir lieber gleich: Euere heimlichen Liebhaber?

Sali. So etwas fangt man ja immer heimlich an.

Stummer. Von jetzt an hat's aber mit der Heimlichkeit ein End'. (Zu Franz und Ignatz.) Und Sie meine jungen Herr'n nehmen jetzt jeder sein Leintuch und bringen es zu Ihren Vätern und erzählen gleich den Herren Eltern die Geschichte, wie jeder zu dem Leintuch gekommen ist. Verstanden?

Franz. Sehr wohl, Herr Stummer! (Jubelnd zu Sali.) Juche Sali! 's Leintuch hab' ich schon, jetzt brauch' ich nur noch ein Bisserl was dazu und der heilige Ehestand ist fertig!

Ignatz (zu Stummer). Wird geschehen, Herr Stummer. Zu Susi.) Mein Alter wird mich zwar ordentlich kampeln, aber morgen (zu Stummer) wird mein Vater bei Ihnen an klopfen. (Zu Susi.) Jetzt kannst Du dich meinetwegen auf dem Ball unterhalten, so viel Du willst; bist ja meine Braut!

Franz (zu Stummer). Gleich morgen muß alles in Ordnung gebracht werden. (Zu Sali.) Und dann kann noch diesen Fasching unsere Hochzeit sein. Heut' mußt Du dich halt noch ohne mich unterhalten.

Sali. Jetzt möchte ich lieber zu Hause bleiben.

Susi (einstimmend). Ich auch! (Zu Stummer.) Vater bleiben wir heute lieber zu Hause.

Franz und **Ignatz** (zu Stummer). Ja, Herr Stummer! Bleiben wir lieber alle zu Hause!

Stummer. Hat man so was schon erlebt! (Mit komischer Strenge zu Sali und Susi.) Marsch mit Euch auf den Ball! (Zu Franz und Ignatz.) Gute Nacht, meine Herr'n! Für heute haben wir ausgeredet.

Franz (zu Sali, ihr die Hand drückend). Gute Unterhaltung, Sali; gehörst ja mein. (Mit dem Leintuche unterm Arme abgehend, zu Stummer.) Schönen Dank für Alles; gute Nacht!

Ignatz (gleichzeitig Susi die Hand drückend). Gute Unterhaltung! Erzähle mir morgen von Deinen Triumphen. (Mit dem Leintuche unterm Arme abgehend, zu Stummer.) Gute Nacht Herr Stummer, Sie werden morgen mit mir zufrieden sein.

Sali und **Susi** (den Abgehenden Küsse zuwerfend). Gute Nacht!

Franz und **Ignatz** (ab).

Stummer (für sich). Froh werd' ich sein, wenn ich einmal die zwei Mädel unter die Haube gebracht hab' —

8. Scene.

Stummer, Sali, Susi, dann Marie, hierauf Nachbarsleute.

Sali und **Susi** (schmiegen sich schmeichelnd an Stummer an). Nicht böse sein, Vater!

Stummer. Morgen reden wir weiter d'rüber! Jetzt schaut's, daß ihr fertig werdet.

Marie (tritt mitten ein). So, da ist der „Parfchm"! Jetzt laßt euch ordentlich einbalsamiren! (Hält in jeder Hand ein Flacon und bespritzt mit dem einen die Sali und mit dem andern die Susi.)

Stummer (erstaunt zu Marie). Du warst fort? Und hast noch gar nicht Toilette gemacht?

Marie. Zuerst müssen die Mädel expedirt werden, die zwei brauchen allein den Wagen. Du mußt ohnehin schon auf den Bock hinauf. Bis Ihr mir den Wagen zurückgeschickt hab't, bin ich längst fertig! So Mädeln! Ist das ein Duft! Ah!

Stummer (brummig). Und was der Geruch wieder für ein Geld kostet!

Marie (bespritzt lustig auch Stummer). Schadet Dir auch nicht!

Nachbarsleute (Weiber mit Kindern auf den Armen und mit nassen Regenschirmen, dann kleinere und größere Mädchen erscheinen unter der geöffneten Thür). Ist's jetzt erlaubt?

Marie. Wenn Sie uns beehren wollen! (Die eingetretenen Neugierigen umringen die Sali und Susi. Die kleineren Mädchen wollen die Balltoilette berühren und müssen davon abgehalten werden.)

Stummer (zu den Nachbarsleuten). Aber Leut'! Laßt doch die nassen Regenschirme draußen, sonst können wir am Ende noch wegschwimmen.

Mehrere. 's regnet halt so stark. Haben eh' lang genug im Regen draußen stehen müssen. Jetzt wollen wir auch was seh'n.

Andere. Ist die Susi schön!

Wieder Andere. Und erst die Sali.

Marie (noch pafumirend). Kommt nur nicht zu nahe, Kinder!

Stummer (mürrisch, für sich). Ist das ein Aufsehen wegen des Balles!

Sali (der Marie ihr Sacktuch hinreichend). Dahinein auch etwas!

Susi (gleichfalls ihr Sacktuch hinhaltend). Mir auch!

Marie (thut es).

Mehrere (zu Stummer). Können stolz sein, Herr Stummer, auf solche Töchter!

Andere. Aber da riecht's nach Noblesse.

Ein kleines Mädchen (weinerlich). Ich will auch auf den Ball mitgeh'n.

Marie (spritzt den Rest aus den beiden Flacons unter die Leute). So, da haben Sie auch etwas von der Noblesse.

Mehrere (sich vordrängend, mit der Nase schnüffelnd). Mir auch etwas!

Sali und **Susi** (nehmen die Ueberkleider).

Stummer (zu Sali und Susi). Und jetzt laßt Euch meinen Segen geben. (Greift in den neben der Thüre hängenden Weihbrunnkessel und besprengt beide mit der befeuchteten rechten Hand.) Damit Euch die bösen Geister in der heutigen Nacht nicht schaden können. (Macht jeder mit seinem Daumen ein Kreuz auf der Stirne. Zu den Nachbarsleuten.) Jetzt bitte ich um Platz, damit meine Töchter zu dem Wagen hinaus können. (Stolz für sich.) Sind wirklich wunderzaubere Mädeln! (Zündet sich die Pfeife an und nimmt einen großen Regenschirm.) Ich setze mich auf den Bock zum Kutscher.

(Die Nachbarsleute treten nach zwei Seiten auseinander und bilden Spalier.)

Mehrere. Wie zwei Prinzessinnen.

Andere. Wie zwei Bräute.

Wieder Andere (heimlich zu einander). Da zwickt sich heute gewiß jede Einen auf. Werden bald was z'hören und z'reden kriegen.

Stummer. Und jetzt in Gottes Namen auf den noblichten Ball.

Nachbarsleute (durcheinander). Gute Unterhaltung!

(Der Vorhang fällt.)

Ende des ersten Actes.

2. Act.

Eleganter Salon mit mehreren Zugängen. Das Orchester spielt als Entre-Act vor dem Aufziehen des Vorhanges einen Galopp, bei dessen letzten Takten sich der Vorhang hebt. Der Salon ist mit Tanzpaaren gefüllt, die den Galopp zu Ende tanzen. Am Clavier sitzt **Frank**, neben ihm **Peter**, der nur umzublättern hat. Neben dem Clavier vor einem Pulte geigt **Fuchs**. Unter den Tanzenden befinden sich **Vollauf** mit **Adele**; **Föderl** mit **Marie**, dann **Sali**, **Susi**, **Frida** und **Luise** mit anderen Tänzern. Nachdem der Galopp zu Ende ist, fangen alle Tanzenden zu applaudiren an und rufen: Bravo! Bravo! dann promeniren die Paare im Hintergrunde des Salons und verlassen allmählig die Scene.

1. Scene.

Vollauf, **Frank**, **Fuchs** und **Peter**, dann im Hintergrunde **Frida** und **Luise**.

Vollauf (zu Frank und Fuchs). Ausgezeichnet haben Sie gespielt. Mitternacht ist vorüber, jetzt kommt das Souper, dann geht's wieder los.

Fuchs (kleinlaut zu Vollauf). Und wie lange wird's dann noch dauern?

Vollauf. Hoffentlich bis zum frühen Morgen. Nun, stärken Sie sich ordentlich in der Küche draußen. Wein, Bier, Champagner, Kaltes und Warmes. Lassen Sie sich's nur gut geschehen und dann geht's wieder los. (Geht unter die Promenirenden.)

Fuchs (zu Frank, ärgerlich). Und das nennst Du einen Carnevalsscherz? Ich danke Dir für diesen Spaß! Ich fühle schon einen förmlichen Krampf in den Armen und Fingern. Und noch vier bis fünf Stunden weiter spielen? Unmöglich! Strapazen ertrage ich nicht! Das ist mein einziger Fehler.

Frank. Mitgefangen, mitgehangen! Dir hat ja selbst meine Idee ausgezeichnet gefallen, einmal im Incognito als

Musikanten einen feinen Hausball mitzumachen! Du hast ja selber unser Inserat in die Zeitung gegeben: „Zwei tüchtige Musiker, Pianist und Violinist, welche die neuesten Compositionen von Strauß mit Bravour und Ausdauer spielen, empfehlen sich für distinguirte Hausbälle zu billigen Bedingungen. Geneigte Anträge unter der Chiffre: „Unermüdlich" poste restante erbeten." Jetzt heißt es Wort halten und „unermüdlich" weiter spielen. Freilich, auch meine Finger sind schon geschwollen wie Knackwürste.

Fuchs. Wo sind aber die Abenteuer geblieben, die wir uns von dieser genialen Idee versprochen haben? Sieh nur selbst, wie stolz diese Frauen und Fräuleins an uns vorüberpromeniren, ohne uns auch nur eines Blickes zu würdigen! Natürlich! Wir gehören ja sozusagen zur Dienerschaft.

Frank. Nur nicht ungeduldig werden! Die Zeit vor Mitternacht haben wir verloren! Aber jetzt ist die Ruhepause da, nun können wir unsere Operationen beginnen.

Fuchs. Ja, in der Küche draußen! Wie reizend!

Frida (geht im Hintergrunde am Arme eines Herrn vorüber).

Fuchs (zu Frank, auf Frieda weisend.) Dieses Fräulein fesselt schon den ganzen Abend meine Blicke und ich darf nicht wagen, es anzusprechen.

Luise (geht im Hintergrunde am Arme eines Herrn vorüber).

Frank (zu Fuchs, auf Luise weisend). Mir hat es diese angethan! Ansprechen dürfen wir heute hier die Mädchen nicht, aber schreiben können wir ihnen und Peter muß jeder unsere Briefchen zustecken.

Fuchs (entschlossen). Das ist ein Gedanke! Wie es auch ausfallen mag, es muß etwas geschehen. Augenblickliche Verzagtheit, das ist mein einziger Fehler.

Frank. Ich mache es so: Ich schreibe auf meine Visitkarte, daß die Leidenschaft meiner glühenden Liebe mich dazu getrieben hat, mich ihr unter der Maske eines Clavierspielers zu nähern. Ich bitte um ein Zeichen der Verzeihung u. s. w. Ich sage Dir, das wirkt.

Fuchs. Hier können wir keine Billet=doux schreiben, also müssen wir doch in die Küche hinaus.

Frank (fröhlich zu Fuchs). Nur nicht den Humor verlieren! Ich sage Dir, ich bin mit unserer Situation ganz zufrieden. (Zu Peter.) Komm mit in die Küche, Du mußt jetzt Deine ganze Schlauheit zeigen.

Peter (welcher inzwischen die Noten zurecht gelegt hatte). Freu' Dich Kuchl (Küche), wenn ich jetzt komme, mit meinem Bärenhunger und meinem Viehdurste.

Frank. Fuchs und **Peter** (links ab).

2. Scene.
Vollauf, Föderl kommen von rechts.

Föderl (zu Vollauf). Lieber Freund, ich kann mir nicht helfen, aber so ein Hausball ist urfad! Mußt nicht harb sein! Bist harb? Erinnere Dich nur! Vor Deiner Verheiratung, noch vor einem Jahre, hast Du auch so gesprochen. Es ist heut Dein Hausball, alles pickfein, ausgezeichnet, nichts zu sagen! Aber ich kann mir nun einmal nicht helfen. So ein Hausball ist unbändig fad! Dagegen so ein Maskenball! Ja, da wär' ich jetzt schon im siebenten Himmel! Bist Du harb? Mußt nicht harb sein!

Vollauf. Fällt mir nicht ein! — Ja, da kann ich Dir auch nicht helfen! Unterhalte Dich also, so gut es gehen will.

Föderl. Na, bis jetzt war's grad' noch zu ertragen. Von zehn bis zwölf hab' ich ein' Tapper gespielt und drei fette „Juden" eingezogen. Dann hab' ich genug gehabt von den Karten und hab' versucht, ein Bisserl zu tanzen.

Vollauf (spöttisch). Ich hab's ja gesehen, wie Du herumgeflogen bist mit der Schwester meines Werkführers.

Föderl (verlegen). Ja weißt, lieber Freund, auf ein' Maskenball tanzt sich's doch anders. Mußt nicht harb sein! Wir zwei haben ja immer so gut harmonirt und vor einem Jahr noch hättest Du mir gewiß auch Recht gegeben.

Vollauf. Aber heut' bin ich in meiner Ehe so glücklich, daß ich Dir ganz entschieden Unrecht geben muß.

Föderl (unruhig). Du — ein zweites Mal komm' ich Dir nimmer auf so ein' Ball! Bist harb?

Vollauf (etwas ärgerlich). 's fehlt nimmer viel. (Zuredend.) Schau, Du solltest Dich doch einmal entschließen zu heiraten. Bist ohnehin schon der Letzte und Einzige von unserer fidelen Gesellschaft, der noch keinen Hausstand hat.

Föderl. Eben darum passe ich nicht hieher (Zögernd). Du — aber mußt nicht harb sein — Du, wäre Deine hochverehrte Frau Gemalin stark beleidigt, wenn ich jetzt heimlich verduften würde? Weißt, Du könntest ihr ja sagen, ich hätte plötzlich so stark 's Nasenbluten kriegt.

Vollauf (ärgerlich). Wozu denn eine so durchsichtige Entschuldigung? Es hält Dich ja Niemand auf —

Föderl (betroffen). Siehst Du, jetzt wirst Du doch harb! Da fällt mir gerade ein, daß Deine gute Frau auch nicht böse auf mich war, daß ich zu Weihnachten Euere Einladung ausgeschlagen hatte. Es gibt eben so gewisse Sachen, die eine richtige Junggesellenpflanze, wie ich, nicht verträgt.

Vollauf (spöttisch). So eine zarte Junggesellenpflanze wie Du wird freilich von jedem Sonnenstrahle eines Familienglückes gleich wie von einem Reife niedergebrannt. (Zieht ein Taschentuch hervor und überreicht es dem Föderl.) Na, so fange nur zu Nasenbluten an, da hast Du gleich ein vorräthiges Taschentuch dazu.

Föderl. Du bist also wirklich harb?

Vollauf (neckend). Na, so nimm's doch! Oder willst Du dich noch vorher bei Deiner Galopptänzerin entschuldigen?

Föderl (unwillkürlich ärgerlich). Bei der schönen Marie? Die war ja schon für alle Touren Vor- und Nachmitternacht engagirt, wie ich gekommen bin. Nur den Galopp hat sie noch freig'habt.

Vollauf. Warum bist Du auch als der Letzte erschienen?

Föderl. Mußt nicht harb sein. Ich habe ja gar nicht kommen wollen. Und was mache ich jetzt allein hier?

Vollauf. Allein? Sind nicht noch genug andere liebe, rosige Mädchen hier, wie Du solche doch auf keinem Maskenball findest? Das ist doch ein anderer Braten!

Föderl (etwas warm). Freilich, ja, ja! Und wenn ich jetzt gleich auf der Stelle heirathen könnte, ich wär' vielleicht dabei. Aber gleich müßte es sein, sonst verliere ich wieder den Gusto. Denn dieses Herumziehen — Schwärmen — Bewerben — Brautstand! Auf ein' Maskenball ist das halt anders!

Vollauf. Und ich rathe Dir nochmals: Benütze die heutige Gelegenheit, Such' Dir heute etwas aus — gerade heute!

Föderl (brütend). Ich versteh' Dich. Du willst sagen: Wer weiß, wann sich der Föderl wieder einmal fangen läßt! Hast auch Recht! Wer weiß, wann ich wieder einmal in eine so feine weibliche Gesellschaft komme. (Kleine Pause.) Wann ich also wirklich dabliebe? So rathe mir. (Kleine Pause.)

Vollauf (zuckt stumm mit der Achsel).

Föderl (forschend). Da wäre ich also wieder einmal zu spät gekommen. (Kleine Pause.) Na, so red' doch!

Vollauf (zuckt wieder stumm mit der Achsel).

Föderl (verlegen und aufgeregt). Also was hältst Du denn von der — (Kleine Pause.) Ich meine von der — wo ihr Bruder —

Vollauf (leichthin). Mein Werkführer ist? Ah, sehr brav! Alles was man sagen kann. Freilich — Geld ist keines da.

Föderl (platzt heraus). Schau ich auf's Geld? Hab' ich's nothwendig?

Vollauf. Könnte Dir nur gratuliren, wenn Du endlich gesetzter würdest und die gewissen „Seitensprünge" aufgäbest. (Steckt das Taschentuch ein, neckend.) Das da brauchst Du ja nicht mehr? (Geht heimlich lachend ab. Für sich.) Sie ist's richtig! Und er hängt schon. (Rechts ab.)

3. Scene.

Föderl allein.

Hätte es nicht denken sollen! Ich habe ja jedes Jahr ein paar Male so einen Anfall, wo mir warm um's Herz wird. Am letzten Weihnachtsabende ist mir auch so gewiß katzenjämmerlich zu Muthe gewesen. Uebrigens — warum soll ein Junggeselle nicht dann und wann einen moralischen Katzenjammer haben? Der geht vorüber und dann hängt der Himmel wieder voll Geigen. --- Wenn ich nun wirklich dableibe, was fange ich nur an? Bei der schönen Marie habe ich mich selbst hinausgesperrt. Statt als der Erste, bin ich als der Letzte hier erschienen. Sie hat das gemerkt und ist verstimmt. — Wenigstens habe ich mich wieder einmal gerettet. Das Beste ist, ich bleibe standhaft und fahre ab. (Unschlüssig.)

Aber nachsehen will ich doch noch, wer meinen Platz jetzt bei der schönen Marie einnimmt. (Rechts ab.)

4. Scene.

Frank und **Fuchs** kommen von links mit **Peter**, welcher ein mit Wasser gefülltes Lavoir trägt.

Frank (zu Peter). Das Lavoir mit dem brunnfrischen Wasser stelle dort auf das Rotentischchen.

Peter (stellt das Lavoir auf das Rotentischchen neben dem Klavier).

Fuchs. Und nun erzähle uns, wie Du deine Aufgabe gelöst hast.

Frank und **Fuchs** (strecken sich die Rockärmel etwas auf und tauchen ihre Hände in's Wasser). Ach, wie das wohl thut!

Peter (sich wiederholt ängstlich umsehend, zu Frank). Ich habe mich an das Frl. Frida angeschlichen und ihr zugeflüstert: „Ich bitte Fräulein" und ihr dabei verstohlen Ihre Karte sehen lassen. Ein Schnapper und besorgt war's. (Zu Fuchs.) Und gerade so geschnappt hat das andere Fräulein auch.

Frank. Weiter, weiter! Hast Du sonst nichts bemerkt? Wie sind Dir denn die beiden Damen dabei vorgekommen?

Peter. Wie? Na, wie Katzen, die schon ein paar Tage auf eine Maus warten. So sind sie losgefahren auf Ihre Billet-doux. Ich hab' mich aber gleich bei Seite gedrückt. Mir ist so unheimlich zu Muthe, wie einem Einbrecher, der jeden Augenblick fürchtet, daß ihn jemand beim Kragen faßt und an die Luft setzt. Wenn's nur gut abläuft! Aber jetzt darf ich in die Küche zurückkehren? Ich habe schon einen Bärenhunger und einen Viehdurst.

Fuchs (zu Peter). Gib Dich ganz diesen schönen Gefühlen hin.

Peter (verliebt). Und dann ist draußen in der Küche eine „Mehlspeisköchin", die „schwarze Nettl", der möchte ich die lebenslängliche Lieferung aller mir noch bestimmten Knödel, Nockerl, Zweckerl, Nudel und Strudel übertragen. (Links ab.)

Frank (vergnügt). Irgend ein Zeichen von Gnade oder Ungnade wird nicht ausbleiben. Nun? Wie gefällt Dir jetzt unsere Situation?

Fuchs. Vorläufig sind wir blos mit den Händen in der Patsche. (Zieht die rechte vom Wasser triefende Hand aus dem Lavoir und schlägt an sein Herz, daß das Wasser davonspritzt.) O, wenn sie nur einen Blick voll Gnade mir zuwürfe. (Steckt die Hand wieder in's Wasser.)

Frank (lachend). Pritschle nicht so herum, sonst werden die Noten ganz naß. Gott sei Dank! Meine Finger werden im kalten Wasser wieder lebendig.

Fuchs. Meine auch; nur mein rechter Arm ist noch müde, als ob ich eine Woche ununterbrochen Kegel geschoben hätte. (Fährt wieder mit der nassen rechten Hand aus dem Wasser an die Brust.) O, wenn sie mich begnadete, wenn sie mich beglückte.

5. Scene.

Vorige, Peter, dann Frida und Luise.

Peter (eilt auf den Fußspitzen mit einer Schüssel Krapfen herein, eilig und begeistert zu Frank und Fuchs). Diese Krapfen! Um Himmelswillen! Noch nicht dagewesen. Ich bitt' Sie um alles in der Welt! Kosten Sie's.

Frank und **Fuchs** (behalten die Hände im Wasser und öffnen den Mund).

Peter (steckt jedem einen Krapfen in den Mund). Was? Ist das ein Bissen?

Frida und **Luise** (gehen im Hintergrunde Arm in Arm über die Scene und schielen nach Frank und Fuchs).

Frida (zu Luise). Dort stehen sie.

Luise. Ja und wie komisch!

Frank und **Fuchs** (jeder noch die Hände im Lavoir und den Krapfen im Mund, erblicken Frida und Luise, bleiben einen Augenblick starr stehen und lassen dann den Krapfen aus dem Munde in's Lavoir fallen).

Peter (gleichzeitig Frida und Luise erblickend, erschreckt, für sich). Da sind sie —

Frida und **Luise** (fangen heiter zu lachen an und eilen rechts ab).

Frank (ärgerlich). Eine verdammt lächerliche Situation. (Zu Peter.) Pack Dich fort mit Deinen unglückseligen Krapfen.

Peter (fischt ruhig die im Lavoir schwimmenden Krapfen hervor, drückt sie wie einen Schwamm aus und steckt sie in seine Rocktasche). O, die Krapfen werden schon einen Herrn finden. (Links ab.)

Fuchs (bestürzt). Sie haben uns einfach ausgelacht. Es ist zum Davonlaufen!

Frank (fröhlich). Im Gegentheil, es ist um dazubleiben. Haben sie nicht, wie scheue Rehe aus dem Dickicht herausgeäugt? (Klopft Frank mit der nassen Hand auf die Schulter.) Freund, unsere Kühnheit ist uns bereits verziehen!

Fuchs. Zum Teufel! Ich bin schon patschelnaß. Sollen wir noch länger hier stehen bleiben?

Frank. Unbedingt! Wechselt dort das Edelwild, so muß hier unser Anstand bleiben. Glaube mir, es schmeichelt der weiblichen Eitelkeit, wenn man für sie auch nur mit den Händen in's Wasser geht!

6. Scene.

Frank, Fuchs, Frida, dann **Luise,** jede am Arme eines Ballgastes.

Fuchs (zu Frank). Du hast Recht; schon sehe ich sie am Arme eines Tänzers zurückkommen.

Frida (am Arme eines Ballgastes promenirend, geht von rechts nach links im Hintergrunde über die Bühne).

Frank (eifersüchtig, zu Fuchs). Am Arme eines Anderen? Soll das die Antwort sein? O weh! Zuerst ausgelacht und dann so bestraft!

Frida (zu ihrem Begleiter). Die armen Musikanten! Wie erschöpft sie schon sind! (Verliert absichtlich eine Schleife und geht dann mit ihrem Begleiter ab.)

Frank (entzückt). Eine Schleife! (Hebt die Schleife eilig auf, drückt dieselbe an den Mund und steckt sie dann zu sich.) Triumph! Ich bin erhört! Nun schnell eine Flasche Sect darauf. (Eilt links ab.)

Fuchs. Der Glückliche! Jetzt stehe ich allein da im Wasser! (Späht, die Hände im Lavoir haltend, ferne.) Es regt und rührt sich nichts für mich — ja doch!

Luise (promenirt am Arme eines Ballgastes von rechts nach links über die Bühne).

Fuchs (entzückt). Sie! (Aufgeregt.) Und mir läßt sie nichts fallen? Gar nichts?

Luise (zu ihrem Begleiter, auf Fuchs heimlich hinweisend). Da betrachten Sie diesen Armen! Er hat sich schon die Finger wundgespielt! Wie sich doch diese Leute für ein paar Groschen plagen müssen! (Läßt ein Sträußchen fallen und geht mit ihrem Begleiter links ab.)

Fuchs (allein). Es ist etwas gefallen. (Eilt hin, hebt das Sträußchen auf und drückt es an den Mund.) Ihr Busensträußchen! Dank, tausend Dank, Du Engel! Welch' süße Geheimnisse doch in einer Faschingsnacht erblüh'n! Nun zu meinem Freunde! Geheimnisse mittheilen, das ist mein einziger Fehler. (Links ab.)

7. Scene.

Föderl kommt von rechts, die von Frank geschriebene Visitkarte in der Hand haltend.

Da habe ich einen Fund gemacht! Eine Visitkarte! (Liest). „Cäsar Frank, Porträtmaler". Den Namen kenne ich nicht und soviel ich weiß ist auch kein Künstler auf dem Balle anwesend. (Wendet die Karte um, erstaunt.) Ah, die Rückseite ist ganz vollgeschrieben. (Liest.) „Angebetetes Wesen! Ich habe die Maske eines Clavierspielers gewählt, um eine Nacht in Ihrer beseligenden Nähe zubringen zu können. Rechnen Sie diese Kühnheit meiner wahren glühenden Liebe für Sie zu Gute und geben Sie mir Ihre Verzeihung gefälligst durch ein Zeichen zu erkennen". — Da hört sich alles auf! Der Klavierspieler ein verkleideter Porträtmaler oder der Porträtmaler ein gemietheter Klavierspieler! — Die Visitkarte kann hier nur eine Dame verloren haben. Aber jetzt fragt es sich: Welche? (Liest nochmals.) „Angebetetes Wesen!" Das kann eine Frau oder eine Jungfrau sein, denn „angebetet" werden beide. Arme Ehemänner! Welchem von Euch wird mit diesem Billet-doux ein Geweih bestellt? Arme Väter und Mütter! Wessen Täubchen stellt da ein Marder nach? Soll ich mich dreinmischen? Der Hausherr, mein Speci Vollauf, ist so eifersüchtig, daß er den Cäsar umbringt, ohne erst zu fragen, wen das Billet angeht. Und wozu denn dem Porträtmaler den Spaß verderben? Der Maler gefällt mir sogar, das ist ein verfluchter Kerl! Schau Föderl, ein Hausball ist doch nicht so fad! Man muß sich nur getrauen anzubandeln. Aber gehen wir weiter. Wenn der Klavierspieler ein maskirter Porträtmaler ist, wer ist dann der Violinspieler? Und der Dritte, der als Diener mitgekommen ist? Die zwei anderen werden auch ihre Billetdoux angebracht haben. Gehen wir noch weiter. Dann hätten drei Göttinnen hier ihre Billets erhalten und — sollte man's glauben, hier auf dem so fabelhaft soliden Hausballe — nicht Eine von den Dreien hat um Hilfe geschrien. Und das soll Unsereinem Appetit machen zum heirathen! Aber gehen wir am weitesten. Sollte nicht auch d i e s c h ö n e M a r i e so ein Billetdoux erhalten haben? Die muß doch gewiß einem von den drei Hallodris in die Augen gestochen haben! Es wäre unverzeihlich, wenn die auch nicht geschrien hätte! — Aber warum? Sie ist gewiß auf den Ball gekommen, um eine Eroberung zu machen. Sie hat vielleicht schon eine gemacht. Ich hätte auch gar kein Recht, mich zu beschweren. Ich habe ihr versprochen, als Erster zu kommen und bin als Letzter erschienen. Aber jetzt interessirt mich die Geschicht erst recht! Und g e r a d e w e g e n d e r M a r i e ! (Will die Karte in seine Brieftasche stecken; beim Oeffnen derselben fallen ihm drei fremde Visitkarten in die Hand.) Ich behalte vorläufig meine Entdeckung für mich. (Die drei fremden Visitkarten betrachtend.) Halt! Eine Riesen=Idee! Da kommen mir gerade die Visitkarten von drei fidelen Provinzlern in die Hand, mit welchen ich die letzten Maskenbälle durchgemacht habe. Die Drei sind alle schon wieder abgereist. Das soll eine Hetze geben! (Liest den Namen von der ersten der drei Visitkarten.) „J a k o b R o s e n s t o c k, Banquier, Lemberg." Ob der Klavierspieler Cäsar Frank oder Jakob Rosenberg heißt, ist doch ganz gleich. Da heißt es aber die Schrift verstellen. (Schreibt auf die Rückseite dieser Karte, im Jargon sprechend.) „Angebetetes Wesen! Ich bin in der Lieb' zu Ihnen so weit gegangen, daß ich bin hiergegangen in der Maske eines Clavierspielers. Als Sie mir wollen gewähren ein Rendezvous, erbitte ich Antwort unter der Chiffre: „Ewige Liebe" poste restante." — So! (Liest den Namen der zweiten Karte.) „J a n o s I s t v a n y, Großgrundbesitzer, Szegedin." (Schreibt auf die Rückseite, im Jargon sprechend.) „Verzeihung, daß ich hob' genommen Maske von Violinspieler. Wahre Liebe, höchst ehrenhafte Absichten. Gefällige Entgegnung poste restante." So! — (Liest den Namen der dritten Karte). „C h e v a l i e r d e L i l i e n t h a l." (Beschreibt auch die Rückseite dieser Karte, dabei sprechend.) Als diesen Baron lassen wir den Dritten auftreten, der sich als Diener eingeschlichen hat. Und mit d i e s e r Karte richte ich zugleich die Falle für die schöne M a r i e auf. Den Baron lasse ich auch etwas kecker werden. Setzen wir noch bei: „Die weiße Rose, aus Ihren Locken gelöst, wird mir sagen, daß Sie mir vertrauen wollen." (Steckt die drei beschriebenen Visitkarten zu sich.) So, meine Damen! Wenn es auch heute nicht losgeht, so werde ich doch morgen poste restante erfahren, welche Schöne mir aufgesessen ist und auch einen „Seitensprung" riskiren will. Jetzt die Fallen aufgerichtet! Wenn die schöne Marie und die anderen Finderinnen auch nicht schreien, dann haben sechs nicht geschrieen, dann heiratet der Föderl nie. (Durch die Mitte ab.)

8. Scene.

Frida, Luise kommen Arm in Arm promenirend von rechts.

Frida (nach dem Clavier sehend, enttäuscht). Sie sind nicht mehr dort.

Luise. Woher mögen die Herren uns kennen? Ich kann mich nicht erinnern, dem Bildhauer F u c h s je begegnet zu sein.

Frida. Mir ist der Porträtmaler F r a n k ebenso fremd. Aber ich habe eine Vermuthung. Ah, das wäre reizend!

Luise (gespannt). So lasse doch hören!

Frida. Ich werde wahrscheinlich in der letzten Kunstausstellung ein Porträt Frank's bewundert haben, er hat mich vor seinem Werke stehen gesehen, ich habe Eindruck auf ihn gemacht und er hat diesen originellen, einer Künstlerphantasie würdigen Weg eingeschlagen, um sich mit mir in Beziehung zu setzen.

Luise (spöttisch). Du bist wirklich phantasiereich! Könntest Du nicht auch mich auf die Spur bringen, wie dann der Bildhauer hiehergekommen ist?

Frida (leichthin). Der Bildhauer? Der ist eben als Begleiter Frank's mitgekommen!

Luise (ärgerlich). So? Deine Phantasie reicht doch nicht gar weit. Warum soll nicht auch mein Bildhauer schon längere Zeit für mich schwärmen, ohne daß ich eine Ahnung davon hatte? (Etwas heftig.) Vielleicht hat gerade der B i l d h a u e r den ebenso originellen, als einer Künstlerphantasie würdigen Einfall gehabt, sich mir in der heutigen Weise zu nähern? Warum soll gerade ich meine Eroberung Dir zu verdanken haben?

Frida (neckend). Liebe Schwester, Du bist so unwiderstehlich, daß Dich zu sehen und sterblich in Dich verliebt zu werden, schon Ein Augenblick genügt hat.

Luise. Ich will mich gar nicht weiter ärgern, nur das muß ich Dir noch in Erinnerung rufen: Du bist heute viel mehr sitzen geblieben, als ich. Ich war eigentlich immer von Tänzern umschwärmt.

Frida. Damit bestätigest Du nur meine Meinung. M i c h muß man erst näher kennen lernen, D u siegst in einem Augenblick. Uebrigens — kommen wir lieber zu einem Entschlusse, was wir auf die Billets erwidern sollen.

Luise. D u heiratest ja den Maler gleich vom Fleck weg, wenn's sein kann. D u warst ja gleich bereit, die Herren durch ein Zeichen zu pardonniren.

Frida. Könnte denn das alles wirklich nur ein Scherz sein? Diese Strapazen einer ganzen Nacht! Ihre kunstfertigen Hände haben ja schon ein Wasserbad nehmen müssen. Und wie überzeugend und doch bescheiden sprechen die wenigen Zeilen auf der Visitkarte des Klavierspielers. (Sucht nach der Karte in ihrem Busen, erschreckt.) Sollte ich das Billet-doux verloren haben?

Luise (sucht schnell im Busen nach ihrem Billete). Um Gottes willen, wenn man es fände!

Frida. Ja, ich habe die Visitkarte verloren! Suchen wir, aber vorsichtig! (Aengstlich umherblickend.) Vielleicht beobachtet man uns schon! Wir sind compromittirt!

Luise (hat ihr Billet gefunden). Gott sei Dank! Ich habe das meine noch! Beruhige Dich nur, es fehlen ja auf den Billets unsere Namen.

Frida. Aber ich denke an die waghalsigen Billetschreiber! Unser Bruder würde sie augenblicklich abschaffen! Und dann, wenn mein Billet eine Andere fände und dieselbe so einfältig wäre, zu glauben, daß man sich für sie interessire!

Luise. Richtig! Sitzengebliebene gibt es ja genug hier! Frida, wir müssen unsere Ritter schnell zu warnen trachten.

Frida (eilig mit Luise abgehend). Kaum läßt man sich in einen Liebesroman ein, ist auch schon die Todesangst da!

Beide (links ab).

9. Scene.

Marie (kommt von rechts, vorsichtig herumblickend, und liest eine versteckt gehaltene Visitkarte). Wenn's nur Niemand gesehen hat! Eine Visitkarte unter meinem Couvert versteckt! (Liest.) „Chevalier von Lilienthal". Wer soll denn das sein? (Wendet die Karte um und liest für sich, dann verblüfft.) Was? Der Musikanten=Diener soll ein Baron sein? Und aus Liebe zu mir hätte er sich als Bedienter hier eingeschlichen? (Aergerlich.) Wer hat sich diesen Spaß mit mir erlaubt! (Nachdenkend.) Wer sonst, als der saubere Herr Föderl. Wahrscheinlich wollte er Rache nehmen dafür, daß ich ihm nur Eine Tour bewilligt habe, den Schlußgalopp vor Mitternacht. Und als er mich dann zum Souper führen wollte, ließ ich ihn erst recht abblitzen, indem ich mir zustamend einen anderen Tischnachbar gewählt hatte! Und was der Herr Alles von mir verlangt! Eine weiße Rose aus meinen Locken! Und poste restante gar ein Rendez=vous! (Unschlüssig.) Was fang' ich nur an? Wenn ich den Orchester=Diener gleich selbst packen würde? Nein! Das könnte eine Blamage absetzen. Ich weiß nicht einmal recht, wie er aussieht. Ich muß mir ihn erst recht genau ansehen. Vielleicht ist es einer von Denen, die mich so oft verfolgen? Wenn es doch ein Chevalier wäre? Warum denn nicht? So ein reicher Baron kann sich leicht ein paar Musikanten engagiren und mit ihnen auf einen Ball gehen! Der übelste Faschingstreich wäre das nicht. (Steckt die Visitkarten zu sich.) Die Sache will reiflich überlegt sein! Dann wird meine Rache um so besser gelingen!

10. Scene.

Marie, Sali, dann **Susi.**

Sali (eilt von rechts auf den Fußspitzen auf Marie zu, mit einer versteckt gehaltenen Visitkarte, zu Marie). Bst! Bst! Tante!

Marie (überrascht). Was gibt's?

Sali. Weißt Du, wer der Klavierspieler ist?

Marie (gespannt). Der Klavierspieler?

Sali (heimlich). Ein ungarischer Gutsbesitzer aus Szegedin; Janos Istvany heißt er.

Marie (erregt). Ist's möglich? (Für sich.) Die Geschichte wird immer interessanter.

Sali (Marie die Visitkarte vorweisend). Da lies selber!

Marie (liest die Visitkarte unter Zeichen des Erstaunens).

Susi (kommt eilig von rechts mit einer versteckt gehaltenen Visitkarte; zu Beiden). Ich hab' ein Abenteuer! Wißt Ihr wer der Violinspieler ist? Ein Banquier aus Lemberg — Jakob Rosenstock.

Sali (zu Susi). Du hast einen Banquier gefischt?

Marie (für sich, halb überzeugt). Am Ende ist der Bediente doch ein Baron!

Susi (Beiden die Visitkarte vorweisend). Da leset selbst!

Sali (nimmt der Marie die ihr zugekommene Visitkarte aus der Hand und gibt dieselbe der Susi, etwas selbstgefällig). Du glaubst allein eine so großartige Eroberung gemacht zu haben? Da lies! Ich könnte gar einen ungarischen Gutsbesitzer haben, der vielleicht gar ein Magnat ist, mit einem Tigerfelle!

Susi (spöttisch). Was soll dann Dein Franzl anfangen mit dem Leintuche? (Liest erstaunt die Karte.) Aber wahr ist es!

Sali (erschreckt). Himmel mein Franzl! (Zu Susi.) Und Dein Natzl?

Susi (zögernd). Wenn man so ganz unerwartet ein großes Glück machen könnt'!

Marie. Aber Mädeln! Hat denn die liebe Eitelkeit Euch den Verstand davongetragen? Ein Gutsbesitzer und ein Banquier sollten gerade in Euch so verschossen sein, daß sie sich hier als Musikanten eingeschlichen hätten?

Susi (etwas trotzig). Und warum nicht? Steht ja auf den Visitkarten!

Marie (zu Susi). Gerade Dein Banquier Rosenstock aus Lemberg kommt mir sehr verdächtig vor. Weißt Du nicht, wie „Rosenstöcke" aussehen? Und gar „Rosenstöcke aus Lemberg"? Der Violinspieler ist gewiß kein „Rosenstock aus Lemberg", er hat gar nicht die gehörige Nase dazu.

Susi. Ich weiß wirklich nicht, was für eine Nase der Violinspieler hat? Schauen wir's uns an?

Marie. Vielleicht hilft Euch etwas anderes aus den Träumen heraus. Wißt Ihr, wer der dritte, der Bediente, sein soll? Ein Baron, ein Chevalier de Lilienthal!

Sali (zu Marie). Hast Du also auch so ein Billet-doux erhalten?

Marie (läugnend). Nein! Aber bei einer anderen Dame, ich hab' die betreffende Visitkarte geseh'n, die in ganz gleicher Manier beschrieben war!

Susi. Und was hat diese Dame dazu gesagt?

Marie. Daß das Ganze ein Scherz ist. Und das sage ich auch!

Susi (erzürnt). So, ein Spaß!

Sali (zornig). Das wäre zu stark! Das erfordert Rache!

Susi. Uns für so dumm zu halten! Rächen will ich mich, rächen! Ich möchte dem Herrn die Augen auskratzen.

Sali (zu Marie). Was ist da zu machen?

Marie. Das Schicksamste wird sein, daß Ihr Euerem Vater die zwei Visitkarten übergebt. Mein Bruder wird schon wissen, was er als Euer Vater und Beschützer zu thun hat.

Susi (mißmuthig). Dann ist aber das ganze Abenteuer zu Ende!

Marie (eindringlich). Ich habe Euch immer noch das Beste gerathen. Wenn Ihr mir diesmal nicht folgen wollt, so müßte ich selbst mit meinem Bruder darüber reden. Mit meinem Wissen und unter meinen Augen dürft Ihr Euch in keine Abenteuer einlassen.

Susi (nachgebend). Wir folgen Dir ja Tante.

Sali. Mir ist mein Franzl lieber, als so ein Magyarember sammt seinem Tigerfell.

Susi. Ich bin mit meinem Natzl ganz zufrieden! Wo wird jetzt nur der Vater stecken?

Marie. Du fragst noch? Wo er seine geliebte Pfeife rauchen kann.

Susi und **Sali** (halb unwillig). Na, so sagen wir dem Vater halt Alles! (Rechts ab.)

11. Scene.
Marie allein.

Ich behalte mein Geheimniß für mich! 's könnte doch der liebe Herr Föderl dahinter stecken. Dann liegt auch der

Fall bei mir anders! Ich bin mein eigener Herr und kann gehen, soweit ich will. Meine Nichten brauchen eventuell noch das spanische Röhrl. (Erregt.) Ich muß sagen, ich kann das Attentat mit dem Billet=doux nicht verwinden. (Sich besinnend.) Fällt mir denn gar kein Gegencoup ein? (Kleine Pause.) Ich gebe die Visitkarte des Chevaliers weiter! Wie wäre es, wenn ich das Billet=doux der alten, männernärrischen Baronesse H i m m e l r e i ch zuspielte? Ja, ja, die treibt wie ein Dachs den Billetschreiber aus dem Baue und verbeißt sich in ihn, daß er nicht mehr loskommt. (Lustig.) Die Baronesse würde ich dem Herrn Föderl vergönnen! Schnell an's Werk! (Rechts ab.)

12. Scene.

Stummer, Sali und **Susi** durch die Mitte.

Stummer (kommt zornig und bläst Dampfwolken aus seiner Pfeife). Wenn ich den finde, der sich erlaubt hat, meine Kinder zu verspotten und in's Garn zu locken! Der wird an den Ball denken. (Zu Sali und Susi.) Habt Euch brav aufgeführt, Kinder! Die bösen Geister haben Euch in dieser gefährlichen Nacht nichts anhaben können! Werd' die Sache schon in Ordnung bringen! Ich bin heut' nicht blos Euere todte Mutter, ich bin auch Euer sehr bedeutend lebendiger Vater! So! Geht nur wieder Euerer Unterhaltung nach! Seid nur recht brav!

Sali und **Susi** (Arm in Arm). Ja Vater, wir werden schon brav sein! (Rechts ab.)

Stummer (allein). Wird so ein und das andere über= müthige Fabrikantensöhnlein sein, wie wir ein paar Exem= plare da haben. Denn daß die Musikanten so keck wären, daran ist nicht zu denken. Uebrigens, was kann ich hier thun? Ich bin nicht der Herr vom Hause. Aber ich werde mit dem Herrn von Vollauf sprechen, er wird seinem alten Diener schon Genugthuung verschaffen.

13 Scene.

Stummer, Peter.

Stummer (bei Seite tretend). Da kommt gerade der Orchester = Diener, (Peter von der Seite verdächtig betrachtend.) Der also soll ein Baron sein?

Peter (geht zu dem Tischchen, auf welchem noch das mit Wasser gefüllte Lavoir steht, um dasselbe wegzutragen). Meine beiden Herrn sind jetzt kreuzfidel, weil es ihnen gelungen ist, mit den Fräuleins anzubandeln und leeren ein Glas Champagner nach dem anderen. Jetzt sind sie so frisch und gesund, daß sie auch das Lavoir mit dem Wasser nicht mehr brauchen! Also tragen wir's fort. Und ich bin heute von Gott Amor auch nicht vernachlässigt. „Die schwarze Nettl" legt viertelstündig lebhaftere Sympathie für mich an den Tag und in der Sparkasse hat sie 1700 fl. liegen. (Nimmt das Lavoir und will damit abgehen.)

Stummer (für sich). Aber vielleicht sind die drei doch Einschleicher! Das werde ich mit einer einzigen Frage heraus haben. (Zu Peter.) Ich hätte an Sie eine dumme Frage —

Peter (etwas ärgerlich, das Lavoir in den Händen haltend). O, ich bitte sich nicht anzustrengen!

Stummer. Braucht man zum Clavierspielen und zum Violingeigen eine Schüssel voll Wasser?

Peter (übereilt). Das ist diesmal nur, weil die Herren das viele Spielen nicht gewohnt sind.

Stummer (schlau, für sich). Also doch Einschleicher! Sie sind's nicht gewohnt! (Zu Peter.) Ja freilich, die Herrn sind ja nicht hier um sich Geld zu verdienen. (Dampft.)

Peter (ängstlich). Sie wissen —

Stummer. Sondern um Billet-doux zu vertheilen.

Peter (unwillkürlich). Wir sind also entdeckt?

Stummer (gibt plötzlich dem Peter eine Ohrfeige auf die rechte Wange, daß Peter sich halb dreht, wobei das Wasser aus dem Lavoir geschüttet wird, zornig). So, Herr Baron! (Drohend.) Nicht schreien! Keinen Laut reden! Recht schön ruhig dastehn bleiben, bis ich mit dem Herrn vom Hause zurückkomme! Verstanden? Sonst — (Rechts ab.)

14. Scene.
Peter, Baronesse Himmelreich.

Peter (zitternd, das Lavoir haltend). Es geht schief! Sehr schief! Immer schiefer! Wenn ich nur meinem Herrn einen Wink geben könnte.

Baronesse (kommt spähend durch die Mitte, Peter erblickend, entzückt). Dort steht er! Allein! Fast wie der Neptun! Nur daß er nicht im Wasserbecken steht, sondern es in der Hand hält.

Peter (für sich). Ich stehe hier, wie ein Kugelfang! Aber ich wanke nicht! Ich will ja Alles auf mich nehmen.

Baronesse (tritt näher zu Peter, ihm leise zuflüsternd). Chevalier! Es ist Ihnen verziehen!

Peter (der noch halbabgewendet steht, dreht sich gegen die Baronesse, erfreut). Verziehen? Schickt Sie, Gnädigste, der Hausherr mit dieser Amnestie? Dann will ich fliehen!

Baronesse (schmachtend). O, weilen Sie einen Augenblick noch, Chevalier!

Peter (verblüfft, für sich). Mir scheint, die schnappt nach mir! Da herrscht ja völlig eine Epidemie!

Baronesse. Nur einen Augenblick, der Ihren heißen Wünschen Erfüllung bringt.

Peter (wehmüthig, komisch). So muß ich also noch bleiben! Und jeder Augenblick ist unheilschwanger!

Baronesse (löst eine weiße Rose aus den Locken). Nicht doch! Hier soll's noch Geheimniß bleiben. (Schnell umherspähend, dann zu Peter, ihm die Rose zuwerfend.) Die weiße Rose aus meinen Locken heischten Sie, Chevalier! Hier ist sie! (Verschämt abeilend.) Fortsetzung poste restante. (Rechts ab.)

Peter (allein, blickt auf die zu seiner Linken liegende Rose hinab, noch das Lavoir haltend). O Schicksal! Wie legst Du mir die Symbole Deines Wankelmuthes so klar vor die Augen! Zur Rechten regnet es Ohrfeigen, zur Linken fallen Rosen! (Lustig.) So muß mich mein Herr porträtiren! (Stellt das Lavoir auf den Boden, steckt die Rose in's linke Knopfloch und hebt dann das Lavoir wieder auf.) Wenn mein Herr das Schicksal anklagt, sagt er auch immer: (Pathetisch.) „Für die Ohrfeigen suchst Du Schicksal Dir die stärksten Arme aus — die Rosen schickst Du aus schon welken Händen!" — Ganz mein Fall!

15. Scene.

Peter, Frida und **Luise** von rechts, **Frank** und **Fuchs** von links.

Frank (zu Fuchs.) Nur Muth! Wir müssen ein Rendez-vous erhalten.

Peter (sucht Frank und Fuchs durch Zeichen zu warnen).

Frida und **Luise** (nähern sich Frank und Fuchs, denselben vorsichtig winkend).

Fuchs (zu Frank). Dort ist sie! Das Glück hat uns nicht verlassen!

Frida (schnell zu Frank). Es ist ein Unglück geschehen! Ich hab' Ihre Visitkarte verloren!

Frank (zu Frida schnell). Nur eine Frage: Darf ich diese Schleife behalten?

Fuchs (zu Luise schnell). Und ich dieses Sträußchen?

Frida (zu Frank schnell). Wenn Sie Werth darauf legen!

Luise (zu Fuchs). War es aber nicht doch ein bloßer Faschingsscherz?

Fuchs (küßt Luise die Hand). Ich erkläre mich in Wort und Pflicht.

Frank (küßt Frida die Hand). Und so auch ich!

Peter (hat sich vergebens bemüht, Frank und Fuchs aufmerksam zu machen, für sich). Die sind blind und taub vor Verliebtheit. Und ich sterbe vor Angst! (Ruft Beiden leise zu.) Retten Sie sich!

Frida (zu Beiden). Aber verlassen Sie uns schnell, sonst sind wir compromittirt.

Frank (zu Frida und Luise). Haben wir diesen Weg auch gegen alles Herkommen betreten, so sind wir jetzt umsomehr bereit, offen als Bewerber um Ihre Hand aufzutreten.

Frida. Heute ist gar nichts mehr möglich, als daß Sie uns sofort verlassen. (Will mit Luise wegeilen.)

Fuchs. Nicht ohne volle Verzeihung für unser Eindringen!

Luise. Ach, es war zu originell, um es nicht reizend zu finden.

Frank. Dann bitten wir noch schnell um ein Rendez-vous.

Frida. Sie können uns am nächsten Sonntag bei dem Eisfeste auf dem Eislaufplatze finden.

Frida und **Luise** (eilen mit freundlichem, stummem Gruße schnell rechts ab.)

Peter (für sich). Gerechter Himmel! Die spielen um ihr Leben! (Zu Frank und Fuchs.) Retten Sie sich!

Frank (entzückt zu Fuchs). Hat sich unser Faschingsscherz nicht gelohnt?

Fuchs (ebenso). Als liebebeglückte Sieger können wir abzieh'n! (Zu Peter.) Du kannst jetzt auch abzieh'n mit dem Lavoir!

Peter. Retten Sie sich! Sie sind entdeckt! Ich nehme Alles auf mich! Ei n e habe ich schon.

Frank (bestürzt). Was hat es gegeben?

Peter. Ich warte auf den zweiten Theil. Der Hausherr wird gleich kommen! Retten Sie sich! Ich bleibe hier! Fest steht und treu der Peter auf der Wacht.

Frank (resignirt zu Fuchs). Ziehen wir uns also auf die uns vom Herrn des Hauses angewiesene Küche zurück! (Zu Peter.) Dort erwarten wir Dich!

Fuchs (ängstlich). Ich fürchte, es wird einen demüthigen „Abzug" geben. (Aergerlich.) Daß ich immer ein verfluchter Kerl sein will, das ist mein einziger Fehler!

Frank und **Fuchs** (links ab).

16. Scene.

Peter allein, dann **Vollauf** und **Stummer** von rechts.

Peter (geht voll Angst mit dem Lavoir herum). Mir wird immer schlechter. (Erblickt Stummer und Vollauf.) Uje, jetzt kommt die Hauptkatastrophe!

Vollauf und **Stummer** (von rechts im Gespräch).

Vollauf (hält zwei Visitkarten in der Hand). Ich danke Ihnen für diese Entdeckung. (Auf die Billets weisend.) Ich bitte Niemandem etwas zu sagen. Ich werde sehen, die drei Einschleicher ohne Aufsehen fortzuschaffen. Sie wissen also nicht, welche die dritte Dame ist, die auch so ein Billet-doux erhalten hat?

Stummer. Das wird meine Schwester wissen. Sie wollte es mir nicht sagen.

Vollauf (ärgerlich). Hm! Ueberlassen Sie mir nur das Weitere!

Stummer (abgehend). Jetzt stopfe ich mir draußen am Gange meine Pfeife. Dabei kann ich auch den beiden Anderen beim Weggehen noch meine Adieus sagen. (Ab durch die Mitte.)

Vollauf (für sich). Es darf keinen Skandal geben! Ich muß also die Herr'n moralisch hinausjagen. (Geht auf Peter zu.)

Peter (ängstlich). Jetzt kommt der zweite Theil.

Vollauf (zu Peter in gemessener Höflichkeit, doch scharf im Tone). Herr B a r o n, wie Sie bemerkt haben werden, sind Sie demaskirt.

Peter. Ich habe es schon sehr bedeutend bemerkt. (Für sich, ärgerlich.) Der frozzelt mich auch noch.

Vollauf. Bedauere, Sie haben sich das nur selbst zuzuschreiben. (Schlau.) Die Herren haben sich offenbar nur einen Carnevalsjux erlauben wollen? Stellen Sie doch das Lavoir nieder, Herr Baron!

Peter (stellt das Lavoir weg). Sehr gerne, Durchlaucht!

Vollauf (spöttisch). Ihre gute Laune zeigt mir, daß Sie bei mir sehr gut soupirt haben, Herr Baron?

Peter. O, ganz ausgezeichnet, Excellenz!

Vollauf (für sich, ärgerlich). Der frozzelt mich noch! (Zu Peter, ihm seine Zigarrentasche anbietend.) Dann wollen Sie sich vielleicht z u m W e g g e h e n noch eine Zigarre anzünden, Herr Baron?

Peter (nimmt sich eine Zigarre). Wenn ich bitten darf, Eminenz!

Vollauf (öffnet seine Geldbörse). Und hier sind zwanzig Gulden für die beiden Musikanten, das bedungene Honorar und extra noch 5 fl. Trinkgeld — für Sie, Herr Baron. (Reicht Peter die Banknote hin.)

Peter (abwehrend). Nein, ich darf kein Geld nehmen. Wir nehmen kein Geld, Magnifizenz!

Vollauf (strenge). Sie w e r d e n das Geld nehmen. Hier sind die beiden Herr'n nichts weiter, als b e z a h l t e M u s i k a n t e n und Sie d e r e n B e d i e n t e r. Verstanden, Herr Baron?

Peter (steckt das Geld zu sich). Ja, wenn Sie es so meinen. (Für sich.) Den Fünfer kann ich ganz gut brauchen.

Vollauf (strenge). Ich hoffe, daß die Herren in fünf Minuten fort sind. Ihr Diener, Herr Baron. (Wendet sich ab, für sich.) Ich kann mich kaum halten vor Aerger!

Peter (sich verneigend). Alleruntertänigster, Hoheit! (Nimmt schnell das Notenpack und den Geigenkasten, abeilend, für sich.) Ich schau, daß ich weiter komme. (Links ab.)

17. Scene.
Vollauf allein.

(Befriedigt.) Den Baron habe ich gehörig gedemüthigt! Die 5 fl. Trinkgeld müssen ihn auf der freiherrlichen Seele brennen! (Unruhig.) Was soll ich mir denn eigentlich von den Dreien denken? Es sind viele Eltern mit heiratsfähigen Töchtern hier, dann junge Männer mit jungen Frauen, und da schleichen sich drei Don Juan's ein? Je mehr ich nachdenke, desto bedenklicher erscheint mir die Geschichte! (Durchblickt zwei vom Föderl beschriebene Billets.) Da steht ja Alles schwarz auf weiß. Alle suchen bei mir in meinem soliden Bürgerhause verliebte Abenteuer auf? Und gerade auf die zwei Stummer'schen Töchter sollen sie's abgesehen haben, die überall leichter zu treffen sind und die ich heute überhaupt zum ersten Male eingeladen habe? O, die drei haben noch weit mehr hier gesucht! Was da noch für ein Heidenskandal herauskommen kann! (Schlägt sich vor die Stirne.) Ich hätte die Herren nicht auf eine so noble Weise fortschicken sollen. (Sich besinnend.) Ich kann Sie übrigens immer noch erfragen. Ich telegraphire an meine Geschäftsfreunde in Szegedin und Lemberg, ob die Beiden dort existiren und sich jetzt in Wien befinden. (Entzückt.) Famos! Und ob sie verheiratet sind! Sehr famos! Dann telegraphire ich ihnen die Frauen hieher auf den Hals! Am famosesten! (Zornig drohend.) Ihr habt Euch auf meine Kosten unterhalten, jetzt will ich es auf Euere Kosten thun.

18. Scene.
Vollauf, Föderl.

Föderl (kommt trällernd von rechts, lustig zu Vollauf). Lieber Freund! Ich bin bekehrt! Ich sag' Dir's: 's gibt nichts Fideleres als so ein' Hausball.

Vollauf (erregt und mißgestimmt). So? Und ich sag' Dir: Der heutige Hausball war der erste und der letzte bei mir! Ich könnte aus der Haut fahren!

Föderl (spöttisch). Bist harb? Gerade jetzt harmoniren wir wieder so gut. Mußt nicht harb sein. Ich versichere Dich, ich habe mich schon lange nicht so gut unterhalten, wie heute auf Deinem Hausball.

Vollauf (ärgerlich). So? Und ich versichere Dich: Ich wollt', ich wär' heut auf einem Maskenball! (Schlau.)

Aha, ich verstehe, warum es Dir heute so gefällt in meinem Hause! Die schöne Marie hat Dir Avancen gemacht!

Föderl. Müßte lügen! Seit dem einzigen Galopp, den ich mit ihr getanzt, war sie immer so umlagert, daß ich gar nicht zu ihr kommen konnte.

Vollauf. Dann hast Du Dich schnell getröstet.

Föderl (fidel). Ich bin heute gerade in so einem „Hamur" (Humor) drinnen, daß ich mich fortwährend unterhalte. (Neckend.) Jetzt möchte ich aber wieder einmal tanzen. Lasse doch die Musik spielen.

Vollauf (vertraulich). Mit dem Tanzen wird es heute schon aus sein. Ich habe die Musikanten weggehen lassen.

Föderl (sich überrascht stellend). Was? Die Musik weggeschickt? Das war ja viel zu früh.

Vollauf (heimlich und aufgeregt). Unter dem Siegel der Verschwiegenheit: Das waren drei Don Juans. Ein Baron, ein Gutsbesitzer und ein Banquier, die sich in mein Haus eingeschlichen hatten!

Föderl (verbeißt das Lachen). 's ist unglaublich!

Vollauf. Von Zweien habe ich die schriftlichen Beweise. (Weist Föderl die zwei Visitkarten vor.) Da schau her, die Stummer'schen haben Alles verrathen!

Föderl (freudig). Die Marie auch? (Besieht die zwei Billets, für sich, bestürzt.) Schau, die Marie hat nicht geschrieben.

Vollauf. Die Fräul'n Susi und Fräul'n Sali. Die Dritte, auf welche es der Baron abgesehen hat, ist mir nicht bekannt. Gib' mir die Visitkarten wieder zurück, ich werde sie brauchen.

Föderl (gibt ihm dieselben). Wozu? Was läßt sich jetzt noch machen, nachdem Du die Herren selbst weggeschickt hast? (Erleichtert, für sich.) Gott sei Dank, daß die schon fort sind.

Vollauf. O, ich werde mich fürchterlich rächen! Du mußt mir beisteh'n! Vor Allem suche Du bei der schönen Marie herauszubringen, wer die Dame ist, welche von dem Baron das Billet-doux erhalten hat. Mir will sie es aus Discretion nicht sagen.

Föderl. O, das bringe ich schon heraus!

Vollauf. Daß nur die Gesellschaft nichts erfährt! Verrathe ja nichts! (Rechts ab.)

19. Scene.
Föderl allein, dann **Marie.**

Föderl (erregt). Ich etwas verrathen! Die tratzeten mir ja die Augen aus! — Also, die Marie hat nicht geschrien! Sie hat nur die Stimme einer Anderen nachgemacht! Ich war ja auf der Lauer, wie sie das Billet des Chevalier de Lilienthal vom Couvert weg zu sich gesteckt hat. Also mir gibt sie kein Rendez-vous? Mich trumpft sie jedesmal ab. Zum Glück ist der Chevalier längst schon wieder in Paris. Aber dem Baron, den sie weiter gar nicht kennt, wird sie vielleicht entgegenkommen, und so werde ich mir poste restante die Antwort holen. Das käme mir auch gelegen! Da bekäme ich es schwarz auf weiß in die Hand, daß sie nicht so unnahbar ist, wie sie sich den Anschein gibt! Dann erhalte ich auch zugleich ein Beweisstück, daß ich mit meinem Pessimismus Recht habe. Was habe ich aber am Ende davon? Ich kann mir dann doch den Mund abwischen! Doch wer weiß! Wenn sie dem Baron ein Rendez-vous gibt, dann erscheine ich für ihn, und zwar in einer sehr günstigen Position.

Marie (ist inzwischen im Hintergrunde erschienen, um mit Föderl zusammenzutreffen, für sich). Jetzt soll er mir zappeln. (Promenirt gleichzeitig, als hätte sie Föderl nicht gesehen.)

Föderl (hat Marie erblickt, für sich). Sie ist doch die Schönste. (Zu Marie.) Mein Fräulein, gestatten Sie mir die seltene Gelegenheit zu benützen, Sie unter vier Augen zu sprechen. Sind Sie noch harb auf mich?

Marie (leichthin). O, gewiß nicht! Ich nehme Sie eben so, wie Sie sind!

Föderl. Und dabei bekomme ich fortwährend meinen Abschied! Aber ich verdiene es nicht anders! (Läßt Marie nicht zu Worte kommen.) Wie habe ich mich erst wieder heute Abends gegen Sie versündigt! Ich will aufrichtig beichten. Ich bin wirklich gleich von Ihnen weg zum Balle hieher gefahren und war schon beim Thore unten. Da krieg ich wieder einen „Anfall", lasse den Wagen umkehren und zum Sofiensaal fahren. Dort kriege ich wieder einen „Anfall", steige gar nicht aus, sondern fahre hieher zum Hause zurück. Es läßt mich aber aus dem Wagen wieder nicht heraus, ich krieg abermals einen „Anfall" und fahre hinaus zum „Schwender". Dort habe ich den letzten „Anfall" getriegt und bin ohne auszusteigen doch hieher auf den Ball gekommen, freilich etwas verspätet; aber nach diesem Siege über mich selbst werden Sie doch nicht mehr harb sein?

Marie (parodirend). Spät kam't Ihr, doch Ihr kam't, Herr Föderl! Die vielen „Anfälle" entschuldigen Euer Säumen.

Föderl (Marie die Hand küssend). O, Sie sind ein Engel, Fräulein Marie! Wenn ich mir selbst so etwas angethan hätte, bei meiner Seele, ich schaute mich mein ganzes Leben nicht mehr an.

Marie (leichthin). Das kommt von Ihrer Eigenliebe und Eitelkeit. Bilden Sie sich denn wirklich ein, daß Sie gar so sehr vermißt werden?

Föderl (etwas betroffen). Na, dann und wann heißt es doch: Schade, daß der Föderl heut' nicht gekommen ist. (Forschend.) Heute freilich gibt's hier auch ohne mich ein Gaudium! Sie sind ja eingeweiht in die Geheimnisse dieser Ballnacht?

Marie (sich betroffen stellend). Spricht man davon schon in der Gesellschaft?

Föderl (vertraulich). Nur im engsten Kreise. Aber Eines wundert mich; daß gerade S i e, die Schönste aller Schönen hier, keinem der drei Einschleicher in die Augen gestochen haben?

Marie (sich verlegend stellend). Und Einer soll gar ein B a r o n sein!

Föderl (für sich). Sie hängt schon! (Zu Marie.) Gewiß, Baron Lilienthal. Jetzt fällt es mir erst ein, daß ich ihn von der Opern=Redoute her kenne. Dort war er in hoch= eleganter Kleidung, ein Ordensband um den Hals und die linke Brustseite hat ganz von Orden gestrotzt! Da sieht Einer gleich ganz anders aus! (Betheuernd.) Aber er war's. (Für sich.) Ich mache ihr den Mund wässern!

Marie (für sich). Er will mich aufsitzen lassen. (Zu Föderl im naiven Tone.) Da könnte Eine ihr Glück machen!

Föderl. Sie kennen ja die Glückliche! O, nennen Sie mir den Namen! Es bleibt mein vollstes Geheimniß.

Marie (abwehrend). Ich habe kein Recht dazu! Wenn eine Heirath daraus werden sollte, können wir noch genug davon sprechen.

Föderl (eifersüchtig). Heirath? (Aergerlich.) Warum denn nicht? Der Baron ist ja ein bildschöner Mann.

Marie (neckend). Wenn auch das nicht, aber — er ist Baron!

Föderl (sehr geärgert). Seien S' nicht harb, aber die Bemerkung gefällt mir nicht von Ihnen.

Marie (ruhig). Ja, was geht denn mich die ganze Geschichte an? (Sich umsehend, leichthin.) Da kommt schon die ganze Gesellschaft, die wieder tanzen will! Was wird denn jetzt geschehen?

Föderl. Mit Ihrer Unterstützung übernehme ich das weitere Arrangement des Abends. Jetzt soll es erst recht fidel werden!

20. Scene.

Vorige, Vollauf, Adele, Frida, Luise, Baronesse, Sali, Susi, Stummer, Ballgäste.

Vollauf (von Adele, Frida und Luise umgeben, kommt in den Vordergrund.)

Die Ballgäste (füllen nach und nach den Hintergrund und conversiren neugierig und erregt mit einander).

Adele (zu Vollauf). Lieber Mann, was ist Dir denn eingefallen, die Musikanten wegzuschicken?

Frida (zu Vollauf). Jetzt haben wir keine Ballmusik.

Vollauf (äußerlich und heimlich). Was mir eingefallen ist? Das ist sehr gut! Die Musikanten haben sich etwas zu Schulden kommen lassen und darum mußte ich sie wegschicken. –

Frida und **Luise** (sich erstaunt stellend). Die haben etwas angestellt?

Adele. Um Gottes Willen, was denn?

Vollauf (zu Frida und Luise, aufgeregt). Habt Ihr keine Billet-doux von den Musikanten erhalten?

Frida und **Luise** (sich erstaunt stellend). Ich verstehe Dich nicht Bruder! —

Vollauf. Um so besser!

Stummer (zu Vollauf). Sind schon draußen beim Tempel, ich habe die Herren vorsichtsweise auf die Straße begleitet! Aber denken Sie sich! Gibt mir der Eine von den Dreien, der Baron, 25 Gulden, und sagt, das wäre für die Dienerschaft. — Da ist das Geld! (Gibt das Geld Vollauf.)

Baronesse (entzückt, für sich). Ein echter Cavalier. Und meine weiße Rose hat ihn zum Opferlamm gemacht! Nun fahre hin, weibliche Gelassenheit! Es gibt noch eine Poste restante auf Erden und durch die lasse ich ihn wissen: Soviel die Rose Blätter hat, soviel will ich ihn küssen!

Föderl (zu Marie). Das wundert mich nicht! Baron Lilienthal ist ein sehr reicher Cavalier!

Marie (sich verstellend, zu Föderl). Er hat mir gleich am besten gefallen. —

Föderl (eifersüchtig, für sich). Jetzt hat sie sich ganz verrathen. Unglaubliche Geschmacks-Verirrung! —

Frida (zu Stummer ängstlich). Warum haben Sie die Herren auf die Straße begleitet?

Luise (zu Stummer ängstlich). Was ist vorgefallen?

Stummer (zu Beiden). Wenn Sie's schon wissen wollen. Die Herren haben sich erlaubt, an meine Töchter hier Billet-doux zu schreiben! —

Frida und **Luise** (bestürzt). An Ihre Töchter?

Stummer. Natürlich! Der Eine gibt sich als ungarischer Gutsbesitzer Istvany, der Andere als Banquier Rosenstock aus Lemberg und der Dritte als Baron Lilienthal aus Paris aus. Wer weiß, wer noch von den Damen Billet-doux erhalten hat!

Frida (zu Luise). Was soll man sich da denken?

Luise (zu Frida). Wir sind betrogen und blamirt!

Mehrere weibliche Ballgäste (umgeben Stummer, ihn mit Fragen bestürmend). Was hat es gegeben?

Stummer (spricht mit denselben).

Frau Zeisl (zu Vollauf). Wird wirklich nicht mehr getanzt?

Vollauf (zu Föderl). Was fange ich jetzt mit der Gesellschaft an?

Föderl (zu Vollauf). Ueberlaß nur Alles mir. (Zur Gesellschaft.) Hochverehrte Gesellschaft! Das Programm des Festes hat eine Veränderung erfahren müssen, die Musikanten waren ihrer Aufgabe nicht gewachsen, der Pianist, wie der Violinspieler haben nämlich, wie sich herausgestellt hat, — Krampfadern! So etwas weiß man natürlich nicht vorher! Vielleicht haben es die Herrschaften selbst bemerkt, wie sich die beiden

Musikanten während der Raststunde die Hände im kalten Wasser baden mußten! Es hat aber nichts gefruchtet und so mußten sie fortgeschickt werden. — Uebrigens haben wir in unserer hochverehrten Gesellschaft so viele ausgezeichnete musikalische Kräfte, daß wir nicht in Verlegenheit kommen.

Mehrere Ballgäste (Beifall klatschend). Ja, ja! Das ist ja reizend! —

Föderl. Ich danke für das Vertrauens=Votum! Also fangen wir an!

Vollauf (zu Adele). Der Föderl rettet uns. (Adele näher betrachtend, erregt.) Hast Du heute nicht das Brillanten=Medaillon getragen.

Adele (an ihren Hals greifend). Ja. (Erschreckt.) Das muß ich verloren haben!

Vollauf (eifersüchtig). Das auch noch! Hast Du etwa auch mit einem von den drei Einschleichern verkehrt?

Adele (gereizt) Natürlich! So einen Hausball muß man doch ausnützen. (Zu Frida und Luise.) Helft mir das verlorene Medaillon suchen.

Adele, Luise und **Frida** (mischen sich suchend unter die Ballgäste.)

Frau Zeisl (zu Stummer.) Ich danke für die Aufklärung. (Entrüstet zu ihren drei Töchtern.) Kinder, hier ist für Mädchen von Eurer Erziehung kein Verweilen mehr gestattet. Wir gehen.

Föderl (zu Frau Zeisl, begütigend). Machen Sie doch kein Aufsehen, gnädige Frau! Jetzt wird es erst recht fidel.

Frau Zeisl (spöttisch.) Noch fideler! (Hochmüthig.) Ich danke, wir haben jetzt schon genug.

Föderl (zu Frau Zeisl und den drei Töchtern). Haben denn die Damen auch Billet=doux erhalten?

Frau Zeisl, Mitzi, Olga und **Lili** (gereizt). Nein!

Föderl (zu denselben). Nun also! (Für sich.) Ah, jetzt begreife ich die Entrüstung. Da hätte ich also eigentlich viel zu wenig Billet=doux vertheilt.

Frau Zeisl (entrüstet zu Vollauf). Wir danken für die Unterhaltung! Sie entschuldigen schon, wenn ich meine drei unschuldigen Töchter nicht länger solchen Gefahren in Ihrem Hause aussetze. Wir gehen.

Mehrere weibliche Ballgäste (entrüstet, zu Vollauf). Wir auch.

Andere weibliche Ballgäste (zu Vollauf). Ist's wahr? Ausgeraubt sind Sie auch worden?

Frau Zeisl (zu ihren Töchtern). Kinder, sehet nach, ob Ihr noch Eueren ganzen Schmuck habt.

Vollauf (verzweifelt). Diese Blamage! Der Skandal in meinem Hause! (Zornig zu Föderl.) Wenn ich die Drei erwische, bringe ich sie um.

Föderl (begütigend). Warum nicht gar! Sei nicht harb, aber ich habe mich auf Deinem Hausballe famos unterhalten.

(Inzwischen hat sich der größte Theil der Ballgesellschaft zum Aufbruche gerüstet.)

(Der Vorhang fällt.)

Ende des zweiten Actes.

3. Act.

Maler-Atelier. Mehrere Zugänge. Auf einer Seite eine Kiste, in welcher ein Porträt verpackt ist.

1. Scene.

Peter allein.

Peter (mit Abstauben und dergleichen beschäftigt). Mir scheint, mein Herr kommt heut auch nicht an die Staffelei. Der gestrige Frühschoppen mit dem Bildhauer beim „Rößl" drüben hat ja auch bis Abends gedauert. Die vorletzte Nacht war aber auch ereignißvoll genug, um darüber zeitlebens zu reden. — Ich kann schon den morgigen Sonntag nicht erwarten, wo ich mein Rendez=vous mit der Mehlspeisköchin, der „schwarzen Nettl", haben soll; die muß mir das Nähere sagen, wie die Ballgeschichte weiter ausgegangen ist. (Es wird geklopft.) Herein!

2. Scene.

Peter, Föderl.

Föderl (tritt ein, Peter erblickend, für sich). Dort ist schon mein Baron. (Zu Peter.) Guten Morgen! Ist Meister Frank zu sprechen? (Für sich.) Mir scheint, der hat mich auch wieder erkannt.

Peter. Guten Morgen! Der Meister sitzt noch beim Frühschoppen. (Für sich, ängstlich.) Uje, schon Einer vom Hausball.

Föderl. Beim Frühschoppen? Das ist wohl dasselbe, was wir Nichtkünstler „Gabelfrühstück" nennen?

Peter. Nicht so ganz. Der Meister sagt: „Ein Gabel=frühstück währt nur kurze Frist, der Frühschoppen dagegen von langer Dauer ist."

Föderl. Seien S' nicht harb — aber wann hält denn der Meister seine Atelierstunde?

Peter. Stets, wenn wir schönes Licht haben.

Föderl. Dann habe ich schon ein verteufeltes Pech, denn wir haben heute den schönsten Tag im ganzen Winter! (Leichthin.) Freilich, es ist ja jetzt Fasching.

Peter (ängstlich, für sich). Uje, jetzt kommt's. (Zu Föderl.) Sie wollen sich wohl porträtiren lassen?

Föderl. Auch! Vor allem aber hätte ich den Meister dringend zu sprechen. (Gibt Peter seine Karte.) Möchten Sie mir den Herrn Maler Cäsar Frank nicht holen lassen? Ich könnte wohl hier warten?

Peter. Wenn der Meister noch beim ersten Frühschoppen drüben beim Rößl sitzt, kann er schnell hier sein. Es könnte aber auch sein, daß er schon zum zweiten Frühschoppen geschritten, dann — —

Föderl. Muß ein sehr fideles Haus sein, der Meister Cäsar Frank. Ein verfluchter Kerl! Seien S' nicht harb, wir kennen uns ja schon, Herr — — Baron Lilienthal!

Peter (erschreckt). Aha! Sind Sie deswegen hier?

Föderl (Peter freundlich auf die Schulter klopfend). Ja, deswegen! Aber als Freund, als Freund einer guten Künstlerlaune! —

Peter (erleichtert). Ich habe Sie ohnehin gleich beim Eintritte wieder erkannt. Wenn Sie schon so freundlich sind, unser Freund zu sein, so bitte ich Sie: Frozzeln Sie mich nicht mit den Baron Lilienthal. (Zornig.) Ich weiß gar nicht, wer mir diesen Spitznamen aufgebracht hat? (Sich vorstellend.) Ich bin das Faktotum des Ateliers und heiße Peter Haßler.

Föderl. Also liebes Fattotum, hole mir Deinen Herrn!

Peter. Wenn ich fragen darf, wird Alles gut ausgehen?

Föderl. Das ist eben die Frage und über diese Frage muß ich so bald als möglich mit Herrn Frank sprechen.

Peter. Bitte Platz zu nehmen, ich werde gleich nach dem Meister schicken! — (Mitte ab.)

3. Scene.

Föderl allein.

Vorläufig wäre ich also so weit, daß ich zwei von den drei Einschleichern constatirt habe. Der Klavierspieler ist also der Maler Cäsar Frank und der Orchesterdiener das Faktotum Peter. Jetzt frägt es sich noch: Wer ist der Violinspieler? Und dann auf welche Damen haben es Beide abgesehen gehabt? Wenn ich auch das herausgebracht habe, dann kann ich meinen alten Spezi Vollauf doch noch auf irgend eine Weise beruhigen, ohne mich selbst zu verrathen. Dabei bin ich selbst schon neugierig, mit welche Damen die Herren angebandelt haben? Noch mysteriöser stehts mit meinen drei Billet=doux! Im Laufe des gestrigen Tages war ich wenigstens ein dutzendmal auf dem Poste restante-Bureau und richtig sind mir auch diese zwei Briefe in die Hände gefallen. (Zieht zwei Briefe hervor.) Alle zwei sind an Baron Lilienthal adressirt. (Lachend den einen Brief betrachtend.) Die Handschrift auf dem einen Brief kenne ich, den hat mein Spezi Vollauf geschrieben, um den Baron Lilienthal auf dem Eisfeste morgen in seine Hände zu bekommen. (Den zweiten Brief betrachtend.) Diese Handschrift kenne ich nicht. (Immer erregter werdend.) Der Brief ist augenscheinlich von Damenhand geschrieben, höchst wahrscheinlich von der schönen Marie. Und was sie schreibt! (Liest.) „Du mußtest Deine Liebesgluth mit einer Ohrfeige büßen; so viel die Rose Blätter hat, will ich dich dafür küssen." Wünsch' gute Nacht! Das ist genug für eine Portion. Und die Unterschrift lautet: „Die weiße Rose". — Sollte man's glauben, daß die schöne Marie, dasselbe Wesen, welches sich immer so solid, so kühl, so leidenschaftslos gibt, solch eine sinnliche Gluth entwickeln kann? (Liest nochmals.) „So viel die Rose Blätter hat, will ich dich dafür küssen!" Wenn das eine Centifolie ist, gibts hundert Busserln auf einem Fleck. — (Leidenschaftlich zornig.) Diese hundert Busserln will aber ich haben. Was hat sie nur für einen Narren gefressen an diesem Peter, den sie für einen Baron hält? Peter ist ein ganz netter Bursche, aber ich bin doch ein ganz anderer Kerl! Baronin will sie werden! Das ist's! Hätte sie's blos auf's Geld abgesehen, dann wäre ja ich der richtige Mann für sie. (Geringschätzig.) Den Baron=Titel könnt ich mir am End' auch kaufen, aber das thut der Föderl nicht, weil der Föderl sich nicht auslachen läßt. — Das verdrießt mich von der schönen Marie; wenn ich so etwas erlebe, kann ich wirklich sehr harb werden.

4. Scene.
Föderl, Peter kommt zurück.

Peter (athemlos). Die Herren waren nicht mehr drüben beim Rößl.

Föderl. Dann werden sie wohl schon beim zweiten Frühschoppen sein. Wo ist denn das?

Peter. Das ist sehr unbestimmt. Jetzt weiß ich mir selbst keinen Rath. (Grübelt nach.)

Föderl (für sich). Es läßt mir keine Ruhe mehr, ich muß weiter auf dem Poste restante-Bureau nachsehen. (Zu Peter.) Ich werde etwas später wieder kommen. — (Will abgehen.)

Peter (ängstlich). Herr von Föderl, Sie wissen — „Eine" habe ich schon, kommt noch etwas nach? Sie sind ja unser Freund.

Föderl (mit komischem Ernst). Sehr leicht möglich! Je nach dem! Fühlen denn die Herren sich so sicher? (Für sich.) Vielleicht bringe ich noch mehr heraus. —

Peter. Mein Herr schon, aber dem Bildhauer ist so gewiß „klärchenhaft" zu Muthe, wie er sagt: So „bangend und bangend in schwebender Pein"! Ich kenne das vom Hausballe her.

Föderl (für sich). Der Bildhauer? Jetzt hätt' ich den dritten. (Zu Peter, forschend.) Ja, der Bildhauer. (Nachdenkend.) Wie heißt er nur geschwind?

Peter. Hector Fuchs!

Föderl. Richtig! Und warum ist denn der Maler so unbesorgt?

Peter. Das könnte ja auch der Bildhauer sein, die Fräulein haben ja Beiden Alles verziehen.

Föderl (überrascht aufhorchend). Die Fräuleins haben Alles verziehen. (Feierlich komisch.) Es gibt aber noch höhere Instanzen. Wissen Sie auch, wer die beiden Fräuleins sind? (für sich) Das möchte nämlich ich wissen.

Peter (unbefangen). Fräulein Frida und Fräulein Luise.

Föderl (verblüfft, für sich). Unglaublich! Gerade die Schwestern meines Spezi Vollauf. (Geht erregt auf und ab.) Jetzt glaube ich schon Alles. Und da soll unsereins heirathen! Jetzt lache ich auch nicht mehr über die Eifersucht meines Spezi Vollauf. Seine Frau hat vielleicht auch ein Briefchen gekriegt und läßt sich in ein Abenteuer ein.

Peter (ängstlich). Warum laufen Sie denn plötzlich so böse herum?

Föderl. Hören Sie, Peter! Aber aufrichtig sein! Mit wem haben denn S i e angebandelt?

Peter (etwas schüchtern). Ich? Na, mit der Mehlspeisköchin von Herrn von Vollauf, mit der „schwarzen Nettl".

Föderl (lachend). Mit der! — (Für sich.) Man soll auf den Schein nichts geben! Ich thu's auch nicht mehr. (Zu Peter.) Sie Peter, das ist eine geschmackvolle Person! Der ihre Griesstrudel kocht keine nach. Ich freue mich immer schon darauf, wenn ich bei meinem Spezi geladen bin.

Peter. Ich auch!

Föderl. Auf die Griesstrudel?

Peter (begeistert). Nein! Auf sie — die Schöpferin dieser Meisterwerke.

Föderl (Peter auf die Schulter klopfend). Recht haben Sie. (Für sich, bedauernd.) Bei der schwarzen Nettl habe ich auch schon einen „Anfall" gehabt, nur bin ich ihr umsonst nachgestiegen. (Zu Peter.) Also Sie sind der Glückliche? —

Peter. Ja, wenn's nicht wieder schief geht? (Unruhig.) Wenn nur mein Herr käme!

Föderl. Ich kann nicht länger warten! Adieu!

Peter (eindringlich). Aber Sie kommen wieder? Sie sind ja unser Freund!

Föderl. Je nachdem! Soweit es möglich ist! Adieu! (Abgehend, für sich.) Meine Entdeckungen hier sind unbezahlbar. (Ab.)

5. Scene.

Peter, dann **Frank** und **Fuchs**.

Peter (allein, überlegend). Je nachdem! Soweit es möglich ist! 's steht allweil noch schief. Wenn ich den Herrn von Föderl nur gefragt hätte, warum er mich mit dem Baron Lilienthal gefrozelt hat? Ich kenne so einen Baron gar nicht. Und wenn ich an die alte Rosen=Jungfrau denke! Die bringt mich am Ende bei meiner schwarzen Nettl noch in ein schiefes Licht! 's steht alleweil noch schief.

Frank und **Fuchs** (treten in heiterer Laune Mitte ein)

Frank (zu Peter, lustig). Na, Herr Baron, ist etwas vorgekommen?

Peter (ärgerlich). Fangen S' schon wieder an? (Gibt Frank die Visitkarte Föderl's.) Sind Sie dem Herrn nicht begegnet, der g'rad' fortgegangen ist?

Frank und **Fuchs** (betrachten die Karte).

Frank. Föderl, den Namen kenn' ich nicht! (Zu Fuchs.) Kennst Du ihn?

Fuchs. Nein, gar nicht.

Peter. 's war einer vom Hausball, ein Speci des Herrn von Vollauf.

Frank und **Fuchs** (überrascht). Das ist merkwürdig! Was wollte er hier?

Peter (zu Frank). Mit Ihnen sprechen!

Frank (zu Fuchs). Da haben offenbar unsere Göttinnen ihrem Bruder Alles gestanden. (Zu Peter.) Und wie war sein Auftreten?

Peter. Er hat gesagt, er kommt als Freund!

Frank (zu Fuchs, befriedigt). Also ein Parlamentär des Hauses Vollauf.

Fuchs (düster nachsinnend). Ich fürchte, ich fürchte! Es sei! — Ich wähle Pistolen.

Peter (schnell). Ein Duell!

Frank (lachend zu Fuchs). Was Dir nicht einfällt. Willst Du nicht Fräulein Luise Vollauf heiraten, wie ich Fräulein Frieda? Nun also! Der Herr wird Aufklärungen von uns verlangen, wir werden die befriedigendsten Erklärungen abgeben und der Schluß wird eine Doppelhochzeit sein.

Fuchs. Ja, so kann's auch gehen! Ich bin immer furchtbar verzagt, das ist mein Fehler.

Frank. Jetzt freue ich mich erst recht auf das mor= gige Eisfest. (Zu Fuchs.) Da wäre es gut, wenn wir noch einen Sprung zum Schneider machten, damit unsere Costume gewiß fertig werden.

Peter (ängstlich). Muß ich auch wieder dabei sein?

Frank (zu Peter). Selbstverständlich. (Auf die Kiste weisend.) Damit ich's nicht wieder versäume! Das verpackte Porträt muß heute noch fort. Geh' zum Spediteur, er soll's auf die Bahn transportiren.

Peter (abgehend). Sogleich! (Zögernd.) Muß ich also morgen wirklich mit?

Frank (lachend). Und wenn's Deinen Kopf kostet!

Peter. Ich wähle den Säbel, ich war Dragoner! (Ab.)

6. Scene.

Frank, Fuchs, dann **Istvany** und **Rosenstock.**

Fuchs (bisher in Gedanken versunken). Wenn ich nur erst wüßte, wessen Geistes Kind sie ist, und wie tief vom Gemüthe?

Frank. Wer?

Fuchs. Luise!

Frank (neckend). Das wirst Du nie ergründen. Dazu bist Du bereits viel zu verliebt. Luise ist ein Engel, darauf hast Du bereits geschworen und davon würden Dich auch die Gutachten von allen Universitäten der Welt nicht mehr abbringen.

Fuchs (mit Wärme). O, sie ist ein Engel. Ich habe ihr wieder Unrecht gethan! Ich bin manchmal so wankelmüthig und das ist mein einziger Fehler!

Istvany und **Rosenstock** (treten ein).

Istvany (immer sehr lebhaft). Guten Morgen! (Schüttelt Frank die Hand.)

Frank (überrascht zu Istvany). Herr v. Istvany sind noch immer in Wien? (Auf die Kiste weisend). Ihr Porträt ist bereits eingepackt und geht heute noch ab.

Istvany. Also noch nicht fort? Sehr gut! Dann bitte ich noch acht Tage zu warten mit Absendung. (Vorstellend.) Habe die Ehre vorzustellen meinen Freund Rosenstock, Banquier aus Lemberg, aber getaufter!

Frank (zu Rosenstock). Sehr angenehm. (Fuchs vorstellend.) Mein Freund Fuchs, Bildhauer!

Istvany (zu Fuchs.) Sehr angenehm. Nächsten Fasching können Sie mich anschauen, wenn ich nämlich wieder brauch' Urlaub von theurer Gattin. (Zu Rosenstock, welcher neugierig im Atelier herumgeblickt.) Aber lieber Freund, was suchen Sie mit Ihren Augen?

Rosenstock. Ich denke, man bekommt hier weibliche Modelle zu sehen.

Istvany. Machen Sie sich kein Märchen vor — kommen Sie wieder mit auf Maskenbälle; dort gibt's sehr schöne weibliche Modelle.

Rosenstock (abwehrend). Weiter sollen Sie mich nicht mehr verführen! (Sieht auf die Uhr.) In drei Stunden fahr ich nach Hause.

Istvany. Was soll das heißen? Jetzt wo wir haben Erfolg! Und wie wir nicht gehabt haben Erfolg, war es doch auch schön auf den Maskenbällen. Haben uns zwar gefoppt die fremden Damen, aber ist doch besser, als foppt uns eigene Frau.

Rosenstock (verdrießlich). Heißt 'n Kunststück! Wenn man auf Abenteuer ausgeht, will man auch etwas erleben, und nun laufen wir schon vier Wochen hindurch mehreren Domino von einem Balle auf den andern nach, immer gefoppt und immer gefoppt! Theure Abende, aber kein Abenteuer. Der Fasching macht mich noch ganz meschügge, nicht zu gedenken, daß ich mich bei meiner Frau gar nicht mehr rechtfertigen kann über mein langes Ausbleiben.

Istvany. Bei werther Frau Gemalin? Ebadta, machen Sie's so wie ich! (Auf Frank weisend.) Dieser große Künstler da wird Ihnen bei werther Frau Gemalin noch 14 Tage Urlaub verschaffen. (Zu Frank.) Nicht wahr, Sie werden diesen schönen Mann da (auf Rosenstock weisend) auch porträtiren!

Rosenstock (eitel abwehrend). Schmeicheln Sie mir nicht!

Frank (lustig zu Rosenstock). Mit größtem Vergnügen! Oder ziehen Sie eine Büste vor? Freund Fuchs wird solche herstellen.

Istvany. Sehr gut! Büste auch! Da können Sie noch 14 Tage Urlaub nehmen.

Rosenstock (unentschlossen zu Istvany). Nein, nein, das müssen Sie sagen, die vier Wochen waren rein verloren. Durchschwärmte Nächte, nichts als Illusionen!

Istvany. Illusionen? Hát, ist auch Etwas, hat man zu Hause nicht. Und dann — haben wir jetzt Erfolg.

Fuchs (zu Istvany). Erlauben Sie, ich höre zu, ohne den Fall zu verstehen. Und mein größter Fehler ist die Neugierde! Was hat Ihr Porträt mit Ihrem häuslichen Urlaub zu schaffen?

Istvany. Das ist meine Erfindung. Bin auch sehr stolz darauf. Will Ihnen auch gleich Erklärung machen. Weib will immer, daß Mann ist zu Hause und wenn er macht eine Verreisung, daß er schnell ist wieder zurück, weil Weib immer fürchtet, daß der Herr Gemal macht „Seitensprünge". (Zu Rosenstock.) Machen wir ja wirklich auch „Seitensprünge". (Zu Fuchs.) So hat mir auch diesmal meine Julschka telegraphirt: „Lieber Janos! Ich erwarte Dich bestimmt morgen zurück". Darauf habe ich ihr geschrieben: „Liebe Julschka! Ich schreibe Dir eine große Ueberraschung. Habe ich in der Stadt einen großen Künstler kennen gelernt, welcher mein Porträt in Lebensgröße auf die Leinwand malen kann. Das war schon lange Wunsch von Dir, welchen ich doch einmal erfüllen muß. Also muß ich, wenn auch sonst sehr ungern, noch vier Wochen in Wien bleiben".

Fuchs. Sehr gut! Und damit war Ihre Frau Gemalin auch beruhigt?

Istvany. Nicht ganz! Weib hat zurück telegraphirt: „Lieber Janos! Ich bin schon mit halber Lebensgröße zufrieden, damit Du kommst zurück um die Häfte früher!" Darauf habe ich wieder zurückgeschrieben: „Liebste Julschka! „Hat auf anderer halben Lebensgröße Hose schon zu malen angefangen." Ebadta! Habe ich auf diese Weise schon vier Wochen Urlaub von geliebte Gattin.

Fuchs (auf die Kiste weisend). Nun sind aber die vier Wochen um und das Porträt ist fertig.

Istvany. Aber ich bin noch nicht fertig! Hat so lange gedauert, bis wir haben heute endlich Brief erhalten mit Bestellung auf das morgige Eisfest von unseren Domino's. Habe auch schon an werthe Frau Gemalin heute geschrieben: „Liebste Julschka! Ist mir auf anderer halben Lebensgröße die Hose zu eng und braucht Ausbesserung noch 8 Tage!"

Frank (lachend). Damit verderben Sie mir ja meine Reputation als Künstler.

Istvany (zu Frank). Lieber Freund, daß Hose wird zu eng, passirt oft besten Schneider. Also noch einmal lieber

Freund, das Porträt darf nicht abgehen vor 8 Tagen. (Zu Rosenstock.) Und Sie, lieber Freund Rosenstock, wollen Sie bestellen Porträt oder Büste?

Rosenstock (zu Istvany). Einmal lasse ich mich noch von Ihnen verführen. Wenn wir aber morgen auf dem Eisfeste wieder keinen Erfolg haben, dann reise ich augenblicklich nach Hause.

Istvany (zieht zwei Briefchen hervor, zu Rosenthal). Aber lieber Freund, für morgen ist ja der Erfolg schon doppelt garantirt. (Zu Frank und Fuchs, erklärend.) Heute habe ich endlich von schönen Domino zwei Briefe poste restante erhalten. Machen beide Briefe Bestellung zum Rendezvous auf dem Eisfeste.

Rosenstock (zieht zwei Briefchen heraus). Ich wäre auch so glücklich, aber ich habe ein Bedenken.

Istvany (den einen Brief betrachtend). Der eine Brief hat doch sehr schöne Handschrift.

Rosenstock (den einen Brief betrachtend und dann mit dem Briefe Istvany's vergleichend). Dieser auch und fast dieselbe Handschrift. Aber eine Unterschrift fehlt. Es steht hier blos unterschrieben als Chiffre: „Ewige Liebe".

Istvany. Ah, das ist Uebertreibung! (Den zweiten Brief betrachtend.) Aber hier ist die Unterschrift: „Sali".

Rosenstock (den zweiten Brief betrachtend). Und mein unbekannter Domino nennt sich Susi!

Fuchs. Sali — Susi! Zwei appetitliche Namen.

Istvany. Und haben wir vier Wochen gebraucht, um so kurze Namen zu erfahren.

Rosenstock (den zweiten Brief nochmals betrachtend.) Aber mir vergeht der Appetit schon wieder. Die Susi hat einen „empörten" Vater. (Zu Frank und Fuchs.) Hören Sie nur selbst: (Liest.) „Wir zürnen den Herren nicht wegen ihrer Annäherungsversuche. Leider sind sie zu schnell verschwunden" —

Istvany (unterbrechend). War jedesmal schon drei Uhr morgens.

Rosenstock (weiter lesend). „Freilich war daran die Ohrfeige schuld, welche Baron Lilienthal von unserem empörten Vater erdulden mußte." (Aengstlich.) Ich reise ab!

Frank und **Fuchs** (überrascht). Baron Lilienthal! Wer ist das?

Istvany. Ist guter Freund von uns, der lustigste Cavalier im ganzen Comitate. Ist aber schon abgereist nach Paris.

Rosenstock. Ich habe aber von dieser Ohrfeige nichts gesehen und nichts gehört!

Istvany. Nun — sagt man so was nicht weiter.

Rosenstock (ängstlich). Ich reise ab! Ich muß sagen — der „empörte Vater" genirt mich.

Istvany. Ist dem Baron ganz recht geschehen! Warum hat er uns ausstechen wollen. Bin ich noch sehr dankbar dem empörten Vater.

Rosenstock. Und ich lasse mir das zur Warnung sein. Nach so großen Auslagen zum Schluß auch noch Hiebe!

Istvany. Bei Liebesabenteuer ist das immer so, entweder kommt anderer Liebhaber dazu, oder werther Herr Gemal, oder empörter Vater.

Frank und **Fuchs** (haben sich mit einander berathschlagt).

Frank (zu Istvany und Rosenstock.) Meine Herren! Baron Lilienthal muß noch in Wien sein. Wir wissen bestimmt, daß ein Herr Baron Lilienthal vorgestern hier auf einem Balle gewesen sein muß.

Fuchs (lachend). Und merkwürdiger Weise hat ein Anderer aus Versehen wieder für den Baron Lilienthal eine Ohrfeige bekommen.

Rosenstock. Da bin ich klüger als der Baron und reise vor den Ohrfeigen ab.

Istvany. Tschek! Dann werde ich bei der Susi Ihre Stelle einnehmen.

Rosenstock (ärgerlich, eifersüchtig). So! Sie? Und ich hätte dann umsonst durch vier Wochen die Soupers für die Susi bezahlt? Und was für einen Hunger dieser Domino immer gehabt hat!

Frank (zu Istvany). Haben Sie schon ein Costume für das Eisfest? Wir können Ihnen unsern Schneider empfehlen. Kommen Sie gleich mit, wir gehen gerade hin.

Istvany (zu Rosenstock). Also, was ist's mit Ihnen? Wollen Sie wirklich das Eisfest versäumen?

Rosenstock (unentschlossen, verdüstert). Soll ich mich auch noch verkühlen?

Frank. Wollen Sie warm haben, gehen Sie als Eisbär!

Rosenstock. Ich? Eisbär? Gute Idee! Da wird sich auch der empörte Vater vor mir fürchten.

Frank (lustig). Nun also. Nur nicht kopfhängerisch und mückenfängerisch sein. Fasching ist!

Fuchs. Istvany und **Rosenstock.** Fasching ist!

(Alle drei Mitte ab.)

7. Scene.

Peter allein, dann **Frau Istvany.**

Peter (erscheint in der Mittelthüre und ruft dem abgegangenen Frank nach). Ich werde gleich den Gegenauftrag besorgen. (Tritt ganz ein.) Also bleibt das Porträt in der Kiste noch 8 Tage hier, und verschandelt 's ganze Atelier. Den Magyarember läßt auch der Fasching nicht fort aus Wien. (Aergerlich.) Wenn ich nur morgen dem Eisfeste entkommen könnte! Es wird wieder schief gehen! Und dann habe ich um 5 Uhr Nachmittags mein Rendez-vous mit der schwarzen Nettl. Früher kann sie nicht abkommen, und um 8 Uhr Abends muß ich wieder fort. Und das ist gerade die Stunde, wo Rendez-vous interessant zu werden pflegen. (Es wird geklopft.) Herein! —

Frau Istvany (eine schöne Dame in den Dreißiger-Jahren, pompös gekleidet, mit einem Zettel in der Hand, tritt ein). Ich bin wohl recht gegangen, wie ich sehe. Man hat mir die Adresse des Herrn Malers Frank aufgeschrieben. Ist hier sein Atelier?

Peter. Zu dienen, gnädige Frau. Leider ist der Meister gerade wieder ausgegangen. Sie sollten dem Herrn begegnet sein, gnädige Frau.

Frau Istvany (aufmerksam). Ich sah, wie Herren aus dem Hause herauskamen, aber ich kannte die Herren nicht. (Erregt, für sich.) Es war mein Mann darunter und da trat ich schnell unter ein Hausthor.

Peter. Ja, da war Einer von den Vieren mein Herr.

Frau Istvany (das Atelier durchmusternd). Herr Frank kommt doch wohl bald wieder zurück? (Für sich.) Ich sehe nirgends das Porträt meines Janos.

Peter (mittheilsam). Kaum sobald. Die Herren sind zum Costume-Schneider gegangen, morgen ist ja das große Eisfest.

Frau Istvany (erregt, für sich). Auch das stimmt! (Laut.) Das soll ja großartig schön werden. (Sich weiter umsehend.)

Peter. Großartig! (Für sich, nachdem er die Frau etwas gemustert hat.) Die war nicht auf dem Hausballe. Wenn sie nur bald fortginge, damit ich zusperren könnte. Ich habe soviel zu besorgen.

Frau Istvany (auf die Kiste zeigend). Was steht denn da?

Peter. Ein fertiges Porträt zum fortschicken.

Frau Istvany (für sich). Vielleicht mein Janos! (Zu Peter.) Ah, ein Porträt in voller Lebensgröße. Könnte ich es nicht sehen?

Peter. Darüber müßten Sie sich, gnädige Frau, an meinen Herrn selbst wenden. Es bleibt ohnehin noch 8 Tage hier.

Frau Istvany (leichthin). Ihr Herr ist mir sehr gut empfohlen. Vielleicht bestelle ich auch ein Porträt in Lebensgröße. — Ist das ein Damenporträt?

Peter. Nein, da drinn ist ein Magyarember in effigie eingenagelt!

Frau Istvany (erregt, für sich). Gewiß mein Janos. (Zu Peter leichthin.) O, ein Herren-Porträt! Das interessirt mich wohl weniger. Wenn es ein Damen-Porträt wäre, möchte ich aus demselben gerne die Auffassung des Künstlers ersehen.

Peter. O, für das schöne Geschlecht hat mein Herr eine großartige Auffassung. (Für sich.) Das bekomme ich selbst zu kosten.

Frau Istvany (leichthin). Und wen stellt das Porträt vor?

Peter. Herrn von Istvany.

Frau Istvany (ihre Aufregung verbergend, leichthin). Den Namen kenne ich nicht. Wer ist das?

Peter. Ein ungarischer Gutsbesitzer, den der Fasching von Wien nicht fortläßt.

Frau Istvany (für sich, erregt). Alles stimmt zu dem Telegramme! (Zu Peter.) Ihr Herr kommt also nicht sobald zurück?

Peter. Vielleicht erst um Mitternacht. (Für sich.) Jetzt wird sie doch gehen. (Es wird geklopft, ärgerlich.) Herein! —

Frau Istvany (für sich). Um so besser! Da bleibt mein Besuch unentdeckt.

8. Scene.

Vorige, Frau Rosenstock.

Frau Rosenstock (eine fünfzigjährige Dame, überladen gekleidet, tritt ein). Gehe ich recht zum Herrn Maler Frank?

Peter. Zu dienen, aber Herr Frank ist ausgegangen.

Frau Rosenstock (ärgerlich, für sich). So werd' ich nichts erfahren über Rosenstock. (In Verlegenheit.) Was thue ich? (Zu Peter.) Ausgegangen ist Herr Frank? So werde ich auch wieder gehen. (Bleibt stehen.)

Peter (für sich). Der Himmel gebe es. — (Zu Frau Istvany.) Es wird das Beste sein, denn für heute ist Herr Frank kaum mehr hier zu treffen.

Frau Rosenstock (Frau Istvany betrachtend). Aber diese Dame wartet auch, werde ich auch warten.

Peter. Diese Dame ist eben auch im Begriffe zu gehen.

Frau Rosenstock (zu Peter). Aber sie geht nicht. (Für sich.) Werd' ich wirklich nichts erfahren über Rosenstock? (Zu Peter.) Kann ich besehen das Atelier und alle Kunstschätze?

Peter. Bitte, nach Belieben.

Frau Istvany. Ist zu bezahlen ein Entrée?

Peter. Das kommt bei uns nicht vor.

Frau Rosenstock. Nichts zu bezahlen? So werd' ich mir Alles besehen. (Herumgehend, für sich.) Rosenstock muß hier gewesen sein, der Portier im Hotel hat meinem Dienstmann gesagt, daß Rosenstock mit Herrn von Istvany zum Maler Frank gegangen ist.

Frau Istvany (hat sich inzwischen auf ein Ottomane niedergelassen und Frau Rosenstock beobachtet, neugierig für sich). Die scheint auch in irgend einer Verlegenheit zu stecken. —

Frau Rosenstock (für sich). Warum soll ich mich nicht an die Dame wenden? (Zu Frau Istvany.) Gestatten Sie mir, Platz zu nehmen. Zusammen wartet man leichter. (Setzt sich neben Frau Istvany.)

Frau Istvany (leichthin). Tescheck! —

Frau Rosenstock. Tescheck? Ach Sie sind wohl eine Ungarin?

Frau Istvany. Ja, und Sie?

Frau Rosenstock. Aus Lemberg, zu dienen. Sie warten wohl schon lange hier?

Frau Istvany. Noch nicht lange.

Frau Rosenstock. Aber Sie sind gewesen v o r mir hier! Ich mag mich nicht an den Diener wenden. War nicht kurz vorher ein Herr von I s t v a n y hier?

Frau Istvany (verblüfft). Ein Herr von Istvany? (Sich fassend.) Ich habe hier gar Niemanden getroffen, als den Diener. (Für sich.) Wenn ich hier entdeckt würde!

Peter (sich im Hintergrunde beschäftigend, ärgerlich für sich). Jetzt fangen die Zwei gar einen Tratsch an.

Frau Rosenstock. Aber wie ich sehe, kennen Sie Herrn von Istvany.

Frau Istvany (ärgerlich). Mit wem habe ich die Ehre zu sprechen?

Frau Rosenstock (verlegen aber zudringlich). Ich reise im Incognito. Und ich möchte incognito bleiben.

Frau Istvany (sich erhebend). Und ich unbelästigt!

Frau Rosenstock (sich ebenfalls erhebend, zudringlich). Für Sie bin ich die Banquiersfrau Rosenstock aus Lemberg. Ich will gar nicht fragen, mit wem ich die Ehre habe. Aber eine Auskunft müssen Sie mir geben. (Drängt die Andere sich wieder zu setzen.) Sie kennen Herrn v. Istvany.

Frau Istvany (verlegen und etwas erregt). Woher kennen Sie den Herrn?

Frau Rosenstock. Persönlich gar nicht und doch von der schlechtesten Seite.

Frau Istvany (erregt). Eine solche Beschuldigung!

Frau Rosenstock. Habe ich vielleicht die Ehre mit Frau von Istvany zu sprechen?

Frau Istvany. Vertrauen gegen Vertrauen! Ja, aber nun reden S i e.

Frau Rosenstock. Haben Sie auch erhalten ein Telegramm, daß Sie sollen kommen nach Wien?

Frau Istvany (überrascht). Ja! Doch weiter!

Frau Rosenstock. Und morgen auf das Eisfest, um ungetreuen Mann zu überraschen?

Frau Istvany. Ja!

Frau Rosenstock. Unsere Männer machen schöne Masematten. Ich bin gefahren sogleich nach Wien und habe heute im Hotel ausspioniren lassen, was mein Jacob treibt. Wie ich hab' erfahren, daß Rosenstock ist gegangen mit Herrn von Istvany auf dem Atelier Frank, bin ich gefahren hieher. Sind Sie bekannt in Wien?

Frau Istvany. Sehr wenig.

Frau Rosenstock. Werden Sie gehen morgen auf das Eisfest? Gehen wir zusammen.

Frau Istvany (noch außer Fassung). Ja!

Frau Rosenstock. Mein Jacob war immer ein sehr guter Gatte. Jeden Gulden sieht er hundertmal an, ehe er ihn ausgibt. Jetzt ist er schon vier Wochen in Wien. Was hat er bekommen für ein Herz, auszugeben so viel Geld!

Frau Istvany (leidenschaftlich). Geld! Wenn's nur das wäre! Aber — Untreue! (Sich schüttelnd vor Abscheu.) Hu!

Frau Rosenstock. Ich bin eine ältere Frau. Wenn es ist gekommen zur Untreue, muß ich verzeihen. Aber 's Geld — Geld — das ist weg und kommt nicht mehr! — Das können sein — tausend Gulden — zweitausend Gulden.

Peter (im Hintergrunde für sich). Die werden mit ihrem Tratsch ewig nicht fertig. (Es wird geklopft.) Herein!

9. Scene.
Vorige, Föderl.

Föderl (zu Peter). Komme ich jetzt zurecht?

Peter. Der Meister ist schon wieder fort!

Föderl (ärgerlich). Bei dem schönen Lichte! Und in der Nacht malt er doch auch nicht! Seien Sie nicht harb, aber wann wird denn hier eigentlich porträtirt?

Peter. Morgen haben wir ja das großartige Eisfest. (Aengstlich.) Wird's gut ausgehen für uns? Sie sind ja unser Freund!

Föderl. Je nachdem. (Erblickt die beiden Frauen, für sich.) Es sind ja Damen hier und die Eine scheint gottvoll zu sein. (Betrachtet einige Bilder, um dabei verstohlen Frau Istvany zu beobachten.)

Frau Istvany (sich erhebend, zu Frau Rosenstock, heimlich). Wir sind durch ein gleiches Interesse verbündet. Ich bin ganz glücklich, an Ihnen eine sichere Begleitung zu haben.

Frau Rosenstock. Bleiben wir gleich beisammen, wollen Sie ziehen zu mir, oder soll ich ziehen zu Ihnen in's Hotel? (Sprechen weiter.)

Föderl (für sich). Wer muß denn die sein? Ich krieg schon wieder ein' „Anfall". Gehen wir sie an. (Stellt sich sehr liebenswürdig beiden Frauen vor.) Meine Damen, wenn sie es gefälligst gestatten, so will ich mir erlauben, Ihnen beim Warten behilflich zu sein!

Frau Istvany (sieht die Andere fragend an).

Frau Rosenstock (zu Frau Istvany). Das Anbot galt nur Ihnen.

Föderl (zu Frau Rosenstock). „Meine Damen" habe ich gesagt, denn wäre diese Dame (sich gegen Frau Istvany verbeugend) allein hier, würde ich eine Ansprache gar nicht gewagt haben.

Frau Istvany (zu Föderl). Ihre Mithilfe kommt zu spät, wir sind im Begriffe aufzubrechen!

Föderl. Warten Sie doch noch. Peter soll den Meister aufsuchen und hieher bringen. Wollten Sie den weiten Weg hieher nochmals machen?

Frau Istvany. Wie können Sie wissen, ob wir so weit weg wohnen?

Föderl. Wenn Sie in der Nachbarschaft, ja wenn Sie überhaupt in Wien lebten, könnte mir eine so bezaubernde Erscheinung, eine so leuchtende Schönheit nicht entgangen sein.

Frau Istvany (kokett). Wenigstens in einem Punkt haben Sie Recht, wir sind in der That ganz fremd in Wien. (Gibt der Anderen verstohlen einen Wink.)

Föderl (sucht Frau Istvany bei Seite zu ziehen, erfreut). Ganz fremd in Wien? Und gewiß nur zum Vergnügen hier? Dann erlauben Sie mir, mich vorzustellen. (Gibt Frau Istvany seine Karte.)

5

Frau Istvany (besieht die Karte und stellt dann Föderl der Frau Rosenstock vor, zu Föderl). Ich danke! (Zu Frau Rosenstock.) Herr Fabriksbesitzer Föderl! (Heimlich.) Vielleicht können wir ihn brauchen.

Föderl. Meine Damen, es würde mir ein besonderes Vergnügen sein, Ihnen in Wien als Cicerone dienen zu können.

Frau Istvany. Sind Sie verheiratet?

Föderl (zu Frau Istvany). Gott bewahre! Ledig! Durch und durch ledig! Und Sie meine Gnädige? Sie müssen nicht harb sein, daß ich so offen frage.

Frau Istvany. Verheiratet, aber — **nur mehr etwas!**

Föderl (erfreut). **Nur mehr etwas?** Das ist das Richtige!

Frau Istvany (sich naiv stellend). Wie meinen Sie das?

Föderl. Daß Sie der Rest nicht mehr geniren wird, um in Wien das Vergnügen in vollen Zügen zu genießen? (Für sich.) Die Bekanntschaft ist wieder unbezahlbar. (Zu Frau Istvany.) Sie werden wohl morgen auch das großartige Eisfest besuchen?

Frau Istvany. Das soll sehr schön werden? (Zu Frau Rosenstock gewandt.) Wir wollten wohl auch schon gehen. (Zu Föderl). Aber was sollen zwei fremde Frauen in dem Gedränge und dem Gewühle anfangen?

Föderl. Ich stehe ganz zu Ihren Diensten! (Heimlich zu Frau Istvany.) Muß die alte Dame dabei sein?

Frau Istvany (zu Frau Rosenstock, sie vorstellend). Erlauben Sie, daß ich Sie dem freundlichen Herrn vorstelle. (Zu Föderl.) Meine Tante! (Sich naiv stellend, heimlich.) Aber sie genirt mich nicht!

Föderl (für sich). Na, die Gattung Tanten lasse ich mir gefallen. (Zu Frau Istvany.) Machen wir gleich das Programm für heute. (Sieht auf die Uhr.) Es ist Zeit zu diniren. Ich erlaube mir die Damen einzuladen, mit mir zu Mittag zu speisen. Dann werden Sie sich ein Costum wählen wollen für das Eisfest? Ich werde mir erlauben, die Damen an die beste Quelle zu geleiten, damit verbringen wir den Nachmittag. Abends fahren wir in's Theater, dann zum Souper.

Frau Istvany (zur Andern). Das paßt uns ja vollkommen. (Heimlich.) Der Herr soll uns unsere Rache verschärfen helfen. (Zu **Föderl**.) Wenn Sie so viele Mühe auf sich nehmen wollen?

Föderl (heimlich zu Frau Istvany). Sie öffnen mir ja die Thüre zum Paradiese.

Frau Istvany (zu Föderl, kokett). Oder zur Hölle!

Frau Rosenstock (für sich). Diese Frau scheint auch etwas leichtsinnig! Aber es kümmert mich ja nicht, und mir kommt Alles billiger.

Föderl (zu Peter). Wir werden ein andermal kommen. (Für sich, Peter betrachtend.) Das ist also der Baron der schönen Marie! Die wird morgen Augen machen. Da habe ich einen andern Fang heute gemacht. Das Eisfest wird für mich großartig werden. (Reicht der Frau Istvany den Arm.) Schöne Frau, lassen Sie mich meinen Dienst beginnen.

Frau Istvany (nimmt Föderls Arm).

Frau Rosenstock (folgt nach).

(Föderl, Frau Istvany und Frau Rosenstock gehen ab.)

(Der Vorhang fällt.)

Ende des dritten Actes.

4. Act.

Restaurationshalle auf dem Eislaufplatze. Durch die Glaswand des Hintergrundes sieht man auf den Eislaufplatz, welcher mit elektrischem oder bengalischem Licht beleuchtet und stets von Schlittschuhläufern belebt ist. Rechts ein Buffet, links eine Thüre mit der Ueberschrift: „Zur Garderobe". Mitten der Haupt=Eingang, rechts und links Zugänge. Die meisten Theilnehmer des Costumefestes erscheinen in beliebigem Costume, aber ohne Gesichtsmaske. Wo es die Rolle erfordert, dient die veränderte Bart= und Haarfrisur, zur nothwendigen Unkenntlichmachung. Am Buffet und an einigen Tischen ab und zu auch mehrere nicht an der Handlung theilnehmende Gäste.

I Scene.

Stummer (ohne Costume), **Marie, Sali, Susi, Franz** und **Ignatz**, (alle in beliebigem Costume, sitzen an einem Tische rechts). **Ein Kellner**, (welcher servirt und die Zahlung einnimmt).

Sali. Ich meine, jetzt wären wir Alle schon durchwärmt und könnten wieder auf's Eis hinaus.

Stummer (erhebt sich und stopft seine Pfeife). Freilich, s' gibt ja viel zu sehen draußen. (Zu Franz und Ignatz) Ich übergeb Euch jetzt meine Töchter. Gebt Obacht, daß kein Unglück geschieht auf dem Eise. (Für sich, Franz und Ignatz betrachtend und dabei seine Pfeife anzündend.) Sind zwei kreuzbrave Burschen! Haben gleich am andern Tag ihre Väter zu mir geschickt. Gott sei Dank! Jetzt werd' ich bald von meinen Mutterpflichten enthoben sein! (Zu Franz und Ignatz.) Also nochmals: Vorsichtig sein! Obacht geben! —

Franz (zu Stummer). Unterhalten Sie sich nur gut, Herr Schwiegervater. Ich werde schon aufschau'n auf die Susi.

Ignatz (zu Stummer). Und ich auf die Sali.

Stummer. Ja, ja! Treibt mir's aber nicht zu arg. Wir treffen uns wieder hier. (Ab.)

Franz. So! Jetzt sind wir unter uns und können unseren Racheplänen nachgehen.

Sali. Gut, daß der Vater nicht weiß, daß wir an die Herren doch geschrieben und sie hieher bestellt haben; sonst hätten wir ja gar nicht auf das Eisfest gehen dürfen.

Ignatz (zu Susi). Ich bitt' Dich, zeige mir bald den Banquier Rosenstock. Den werde ich mir ordentlich vergönnen!

Franz (zu Sali). Und ich werde mir Deinen Magyar-ember zu leihen nehmen!

Sali. Wenn wir sie in dem Gewühle nur finden?

Susi. Die suchen uns gewiß schon längst auf dem Eislaufplatze. Gehen wir nun hinaus.

Sali (zu Marie). Schau', daß gerade Du immer so einschichtig bleibst!

Marie (etwas gereizt). Gerade so lange, als es mir paßt! Laßt Euch nur nicht aufhalten, ich werde mich schon auch zu unterhalten wissen.

(Ignatz mit der Susi, Franz mit der Sali, Mitte ab.)

2. Scene.

Marie allein, dann **Föderl** mit **Frau Istvany** und **Frau Rosenstock**. **Ein Kellner.**

Marie (allein, nachdenkend). Der Herr Föderl ist gewiß hier. Seit dem Balle hat er sich nicht mehr sehen lassen. Sonst ist er mir alle Tage nachgestiegen! Der ist schon ein patentirter Schnellsieder, also für eine solide Haushaltung nicht viel werth! Und doch kann ich ihn so gut leiden! Na, wenn er wieder zu Wallen anfangt, werde ich mir vielleicht doch mein Hausnockerl herauskochen.

Föderl (im Costume und auf Schlittschuhen, tritt mit Frau Istvany und Frau Rosenstock, Beide im Phantasie-Costume mit Gesichtsschleiern ein und führt sie, ohne Marie zu bemerken, zu einem Tische, an welchem sie sich niederlassen; erschöpft). Meine Damen, gönnen Sie mir hier nur einen Augenblick Erholung.

Frau Rosenstock (zudringlich). Dann führen Sie uns aber gleich wieder herum mit dem Schlitten. (Für sich.) Ich kann meinen Rosenstock nicht sehen.

Marie (hat Föderl erkannt, unruhig, für sich). Da ist er ja! Und mit zwei Damen?

Föderl (zu Frau Istvany). Möchten Sie es nicht doch mit den Schlittschuhen versuchen. (Heimlich.) Welche Wonne, mit Ihnen a l l e i n über das Eisparquett hinzuschweben!

Frau Istvany. Ich kann leider gar nicht auf Schlittschuhen laufen.

Frau Rosenstock (zudringlich). Reden Sie mir nichts von Schlittschuhen! Ich fürchte, mir zu brechen ein Bein, oder zu fallen auf die Nas'.

Föderl (zu Frau Istvany, heimlich). Seien S' nicht harb, aber mit Ihrer Tante zusammen, fahre ich nicht mehr herum.

Frau Istvany (zu Föderl heimlich). Das sehe ich ein; es kann Ihnen kein Vergnügen gewähren, hinter dem Schlitten zu laufen. Besorgen Sie uns gefälligst einen Diener dafür. (Für sich.) Wenn ich nur meinen Janos fände!

Frau Rosenstock (zu Frau Istvany, zudringlich). Sie dürfen mich nicht lassen allein. — Was soll ich thun allein?

Föderl (hat Marie bemerkt, betroffen für sich). Die schöne Marie! Und allein! Sie wartet auf den Baron! (Zu Beiden.) Aber meine Damen! Versuchen Sie es nur mit Schlittschuhen. (Zu Frau Rosenstock.) Ich laufe zuerst mit Ihnen, Frau Tante, (bei Seite) zum Teufel (laut) und dann mit Ihrer Frau Nichte.

Frau Rosenstock (furchtsam, fast schreiend). Ich will nicht fallen auf die Nas', und brechen alle Bein'! Reden Sie mir nichts von Schlittschuhen.

Föderl (etwas gereizt zu Frau Rosenstock). Seien S' nicht harb, aber machen Sie mir hier kein Geseres, Frau Tante. (Artig.) Ist den Damen eine Erfrischung gefällig?

Frau Istvany. Ach ja, ein heißer Grog wäre sehr gut für mich.

Frau Rosenstock (zu Föderl, zudringlich). Ich darf nicht nehmen was Geistiges. Wenn meine Nichte hat genommen Grog, fahren wir gleich wieder Schlitten. (Für sich.) Ich muß finden meinen Rosenstock.

Föderl (heimlich zu Frau Istvany). Mit Ihrer Tante, schöne Frau, um keinen Preis mehr, seien S' nicht harb! (Zu Beiden.) Ich werde dafür Sorge tragen. (Geht zum Buffet, nimmt dort von den bereitstehenden Groggläsern eines und bringt es Frau Istvany, dabei für sich.) Mit der Tante bin ich schön hineingefallen. Und wie mir scheint, wird die Tante von der schönen Frau schon nicht mehr als Elefant benützt, sondern als Fanghund. Und dort sitzt die schöne Marie! Da entgeht mir ganz das Abenteuer mit dem Baron. Ich muß mich von der Tante und Nichte losschrauben! (Zum Kellner.) Besorgen Sie gefälligst einen Diener, welcher die zwei Damen mit dem Schlitten herumführt.

Kellner. Sehr wohl. (Geht ab und kommt mit einem Diener zurück.)

Föderl (zu Frau Istvany). Hier ist der Grog! Der Schlittenführer ist besorgt. Ich bitte um kurzen Urlaub, dann stehe ich wieder mit Vergnügen zu Ihren Diensten.

Frau Istvany (zu Föderl). Wir danken Ihnen für bisherige große Gefälligkeiten.

Frau Rosenstock (zudringlich). Aber nach der Schlittenfahrt finden wir uns wieder hier?

Föderl. Wird mir ein Vergnügen sein. (Zu Frau Istvany, heimlich.) Widmen Sie mir dann a l l e i n ein halbes Stündchen.

Frau Istvany (befangen und heimlich). Ja.

(Ein Diener kommt.)

Föderl (zum Diener). Führen Sie die beiden Damen mit dem Schlitten herum.

Frau Istvany und **Frau Rosenstock** (mit dem Diener abgehend, zu einander). Suchen wir nochmals unsere Männer. (Ab.)

3. Scene.

Föderl, Marie, dann **Franz.**

Marie (welche die Scene mit stummem, Eifersucht verrathendem Spiele begleitet hat, für sich). Er trennt sich von den Damen! Vielleicht gar, um mich aufzusuchen?

Föderl. Fräulein Marie, ich bin erstaunt, Sie so ganz allein hier zu treffen.

Marie (unbefangen). Das gewöhnliche Schicksal jeder Garde de Dames. Meine beiden Nichten sind draußen auf dem Eise!

Föderl. Und warum nicht auch Sie! Sie laufen gewiß sehr gut?

Marie. Wenigstens sehr gerne! Ich warte auch nur auf einen Partner.

Föderl. Dürfte das nicht ich sein?

Marie (bedauernd). Ich habe mein erstes Engagement noch nicht absolvirt.

Föderl (für sich). Aha, die erwartet meinen Baron. (Zu ihr.) So komme ich halt immer zu spät!

Marie (neckend). Sie haben wohl wieder einen „Anfall" gehabt?

Föderl (ärgerlich und verlegen). „Anfall"? Oh, Sie spielen auf jene beiden Damen an? Das sind — zwei Damen aus der Provinz, die Frauen zweier Geschäftsfreunde, die mir anempfohlen wurden. Ich habe dieselben bereits abgeschüttelt, wie Sie ja haben bemerken können.

Marie. Das war dann sehr ungalant von Ihnen.

Föderl. Mein Gott! Ich habe S i e hier entdeckt und da war's um die Anderen geschehen. Wollen Sie mich nun ganz glücklich machen und mit mir auf's Eis gehen?

Franz (kommt auf Schlittschuhen).

Marie. Ich danke, ich werde soeben abgeholt! (Erhebt sich und reicht Franz den Arm.)

Föderl (hat Franz nicht kommen gesehen, eifersüchtig). Abgeholt! Von wem? (Sieht sich um.)

Marie (Franz vorstellend). Herr Franz Sommer, der Verlobte meiner Nichte Sali. (Mit Franz ab.)

4. Scene.

Föderl allein, verdrießlich.

Wieder abgetrumpft! Also die Sali ist verlobt! Darum hat sie geschrien auf dem Hausball! Jetzt werde ich mich doch wieder um die schöne „nur mehr etwas verheiratete" Frau umschauen. Nur mehr etwas verheiratet! Man sollte glauben, daß dieses „Nur mehr etwas" mit einem kühnen stepple chase zu nehmen wäre? Aber da steht ihre Tante als mächtiges Hinderniß im Wege. Also hinüber über die Tante! Ich spüre aber keine rechte Lust mehr. Der Anblick der schönen Marie hat mich förmlich rheumatisch gemacht gegen solche Sprünge. Daß die Marie so gar kein Herz für mich hat?

Und meinen Baron sehe ich auch nirgends. Es geht mir doch Alles conträr!

5. Scene.

Föderl, Istvany, Rosenstock.

Istvany (auf Schlittschuhen und als ungarischer Bärentreiber costumirt, führt an einer zierlichen eisernen Kette den als Eisbär costumirten Rosenstock herein).

Rosenstock (mühsam auf Schlittschuhen hinkend, erregt). Jetzt soll es sein genug! Führen Sie mich in die Garderobe, ich reise ab!

Istvany (lustig) Lieber Freund, jetzt trinken wir heißen Punsch und dann werden Sie wieder Gluth bekommen in die Adern. (Erblickt Föderl, zu demselben.) Da ist ja unser Freund Föderl? Servus!

Föderl (überrascht und nicht ganz sicher). Ja — sind Sie's — oder sind Sie's nicht.

Istvany. Sind wir alle Beide da! Freund Rosenstock und ich!

Föderl (bestürzt, für sich). Jetzt geht's gut! (Zu Beiden.) Na, das freut mich! Ich habe geglaubt, Sie wären schon längst wieder zu Hause; wir haben ja schon vor acht Tagen Abschied genommen.

Istvany. Laßt uns Fasching nicht fort.

Rosenstock (zu Föderl). Ich wollt' ich wäre zu Hause, aber ich reise heute noch.

Istvany. Jetzt wo wir stehen schon ganz vor Erfolg?

Rosenstock (zornig). Was reden Sie von Erfolg? Hab' ich gesehen die Susi? Haben Sie gesehen die Sali? Ich habe nicht gefunden die Susi und Sie haben nicht gefunden die Sali. Wieder gefoppt und immer gefoppt!

Föderl (verblüfft zu Beiden). Sali, Susi! Was für eine Sali? Was für eine Susi?

Istvany. Lieber Freund! Sie wissen die Geschichte von den Dominos? Haben wir gestern wieder gefunden Bestellung poste restante und stehen wir endlich vor dem Erfolg.

Föderl (für sich). Haben die doch geschrieben? Jetzt habe ich den Faden wieder. (Zu Beiden.) Da werde wohl ich wieder den Herren an die Hand gehen müssen? Eine Sali und eine Susi sind hier; es fragt sich nur, ob's die Richtigen sind.

Rosenstock (besorgt). Haben die Damen einen „empörten Vater"? (Markirt eine Ohrfeige.)

Föderl (erfreut). Sie sind's!

Rosenstock (erschreckt). Ich reise ab!

Istvany (zu Föderl). Sehr gut! Sie kennen also die Damen? Fragt sich nur, ob die Damen sind sehr schön?

Föderl (aufmunternd). Noch nicht dagewesen schön! Und frisch! Und lieb! Und so — so gewiß — 's ist der Mühe werth!

Rosenstock (hitzig zu Föderl). Helfen Sie uns suchen.

Istvany (zu Rosenstock). So gefallen Sie mir! (Zu Föderl.) Also führen Sie uns zu den schönen Damen!

Rosenstock. Mich bringen Sie nicht mehr auf's Eis! Ich bin wie zerschlagen an allen Gliedern. Bin ich gewohnt zu gehen auf Schlittschuhen? Ich hab' nicht gekonnt zählen, wie oft ich bin schon gefallen. Und ist Jacob Rosenstock gewohnt, zu gehen als Eisbär spazieren? Ich werde reserviren den Tisch. (Setzt sich ermüdet an einen größeren Tisch links, zu Föderl.) Bringen Sie mir die Susi, haben Sie die Güte.

Föderl (zu Istvany). Also suchen wir die Sali und die Susi. (Abgehend, für sich.) Das sind unsere braven Mädel! Zuerst schreien sie — dann schreiben sie doch! Aber ich werde die Tartüffinnen entlarven! Vielleicht ertappe ich dabei auch die schöne Marie.

Istvany (zu Rosenstock). Lieber Freund! In Viertel-Stunde haben wir Erfolg. (Ab mit Föderl.)

6. Scene.

Rosenstock, Frank, Fuchs, beide im Costume, **Peter**, kommen von rechts aus der Garderobe, dann **Frida** und **Luise**.

Frank (zu Fuchs). Vorerst noch schnell ein Glas Cognac und dann hinaus auf's Eisparquett, unsere Damen zu suchen. (Tritt zum Buffet und trinkt ein Glas Cognac.

Fuchs (zu Frank). Ich nehme nichts, ich brenne ohnehin vor Ungeduld, ob sie das Rendez-vous eingehalten haben!

Frank (zu Peter). Du bleibst hier auf der Wacht. Wenn die Damen inzwischen hieherkommen sollten, mußt Du uns schnell verständigen.

Peter (resignirt). Das kann wieder hübsch werden. (Setzt sich an einen Tisch rechts.)

Frida und **Luise** (im Costume durch die Mitte).

Luise (zu Frida). Ich bin schon todtmüde und alles Herumlaufen war vergebens.

Frida (hat Frank und Fuchs erkannt, heimlich zu Luise). Da sind sie ja schon!

Frank und **Fuchs** (erblicken Frida und Luise und gehen eilig auf Beide zu).

Frank (zu den Damen). Sie haben Wort gehalten! Das macht uns namenlos glücklich.

Frida (ernst). Ja, wir sind gekommen, aber nur um die Herren zur Verantwortung zu ziehen! Sie haben ein schmähliches Spiel mit uns getrieben.

Luise (ernst fortfahrend). So daß es uns Wunder nimmt, wie Sie noch den Muth finden konnten, das Rendezvous einzuhalten.

Frank und **Fuchs** (überrascht). Ein schmähliches Spiel?

Frida (erregt). Uns stellen Sie sich als Maler Frank und Bildhauer Fuchs vor, auf anderen Billeten, die Sie auch vertheilen ließen, als ungarischer Gutsbesitzer und Lemberger Banquier.

Frank (verblüfft). Andere Billets? Davon wissen wir nichts!

Frank, Fuchs, Frida und **Luise** (bilden abseits eine Gruppe und setzen das Gespräch in erregter Weise aber heimlich fort).

Peter (auf diese Gruppe blickend, ängstlich). Jetzt haben sie sich schon zusammen gefunden. Die Schlacht beginnt und ich werde wieder die Blessuren davon tragen.

Rosenstock (hat auf seinem Platze in einem Notizbuche gerechnet). Was für ein schönes Geld ist da verloren! 937 fl. 84 kr. hat mich schon gekostet der Carneval, und heute kommen noch dazu — werde ich annehmen — wenigstens 50 fl. Wie schön muß sein die Susi, wenn ich soll geopfert haben tausend Gulden! (Erblickt die Gruppe). Ah, die Künstler haben auch schon gefunden schöne Damen, die werden es billiger haben.

Frank (zu Frida und Luise). Den Gutsbesitzer Istvany kenne ich. Ich habe sein Porträt dieser Tage fertig gemacht. Sie können es in meinem Atelier noch sehen.

Fuchs (hat Rosenstock erblickt). Und der Eisbär dort, das ist der Banquier Rosenstock, den könnten wir gleich um Aufklärung angehen.

Rosenstock (sieht, daß die Gruppe auf ihn blickt, geschmeichelt, für sich). Ich werde beredet! Das macht die geistreiche Wahl meines Costumes!

Frank. Auch Istvany ist hier, übrigens sind diese Beiden jedenfalls unschuldig und nur mit deren Billets kann der Unfug verübt worden sein.

Frida (verlegen). Ein Unglück kommt selten allein. Unsere Schwägerin hat auf dem Balle ihr Medaillon im Werthe von 1000 fl. verloren und es wurde noch nicht gefunden.

Luise (fortfahrend). Unser Bruder hält sich nun für fest überzeugt, daß — die Herren entschuldigen — „die drei Einschleicher", wie er sich ausdrückt, den Fund verheimlicht hätten! Das mußten wir Ihnen auch mittheilen!

Frank. Das macht die Sache ernst!

Fuchs. Und erfordert reifliche Ueberlegung, was nun zu thun ist!

Frank (reicht Frida den Arm). Darf ich bitten! Zum Zeichen Ihres Vertrauens!

Fuchs (reicht Luise den Arm). Besitze auch ich noch Ihre Huld!

Beide Paare (ab durch die Mitte).

Peter (für sich). Der Schauplatz des Gefechtes wird verlegt, ich athme wieder auf. Ueberhaupt so lange der Werkmeister Stummer nicht auftaucht, ist die Situation nicht so gefährlich. (Ruft.) Kellner! Bier!

Kellner. Sehr wohl!

Rosenstock (für sich). Fünfundzwanzig Gulden habe ich müssen zahlen Leihgebühr für den Eisbär und schwitzen muß ich in dem Costume wie in einem russischen Bade für hundert Gulden. Solchen Profit macht jetzt Jakob Rosenstock.

7. Scene.

Rosenstock, Peter, Vollauf.

Vollauf (aus der Garderobe, sich umsehend.) Da drinnen fand ich auch keinen von den drei Einschleichern. Sollte mein Racheplan mißlingen? An meine Geschäftsfreunde in Temesvar und Lemberg habe ich telegraphirt und bestätigt erhalten, daß Istvany und Rosenstock dort existiren, verheiratet sind, augenblicklich sich in Wien aufhalten. Daraufhin habe ich ihre Frauen telegraphisch hieher bestellt. Nur der Baron Lilienthal ist bisher unauffindbar gewesen.

Peter (hat Vollauf erblickt, ängstlich). Uje, der Herr von Vollauf. (Wendet sich so, daß er Vollauf den Rücken kehrt.)

Vollauf (tritt, das Local musternd, vor und erblickt Peter, erfreut, für sich). Da hätte ich ja auch den Baron Lilienthal entdeckt. (Zu Peter.) Herr Baron, ich bin sehr erfreut, Sie wieder zu sehen. (Setzt sich zu Peter an den Tisch.)

Kellner (stellt in demselben Augenblick das bestellte Glas Bier vor Peter hin und reicht demselben zugleich eine Speisekarte). Auch etwas zu Speisen gefällig Herr Baron?

Peter (zum Kellner zornig). Nein!

Kellner (abgehend, erstaunt für sich). Was schreit denn der so?

Vollauf (sehr artig zu Peter). Sie erkennen mich wohl wieder, Herr Baron. (Reicht Peter seine Zigarrentasche.) Eine gute Havannah gefällig?

Peter (nimmt frohmuthig die Zigarre und brennt sie an). Ist das auch wieder eine so gute Sorte?

Vollauf. Ja, Sie sind ein Kenner, Herr Baron.

Peter. Ich bitt Euer Gnaden, sekiren Sie mich nicht mehr mit dem Baron. Ich heiße Peter und bin nichts als der Diener meines Herrn.

Vollauf (zornig). Wirklich! Und wollen Sie vielleicht auch ableugnen, daß Sie auf meinem Hausballe Billet-doux ausgetheilt haben.

Peter (entschlossen). Ich verrathe gar nichts!

Vollauf. Das werden wir schon sehen! Also Peter! Sag' mir, welcher Dame hat auf meinem Hausballe Dein Billet-doux gegolten?

Peter (erstaunt). Mein Billet? (Treuherzig.) Ich hab' ja Alles mündlich abgemacht.

Vollauf. Alles mündlich abgemacht? Und wer ist diese Mündliche?

Peter. Wenn's Euer Gnaden durchaus wissen wollen? Ihre Mehlspeisköchin, die schwarze Nettl.

Vollauf (strenge). Wissen Sie, Herr Baron, daß die schwarze Nettl ein sehr braves Mädchen ist.

Peter. Peter, heiße ich Euer Gnaden! Soll denn ein Bedienter mit schlechten Mädeln anbandeln?

Vollauf. Die schwarze Nettl, geht mich am Ende nichts an. Also Sie wollen durchaus kein Baron, sondern ein Bedienter sein? Gut! Sage mir also Peter, ist nicht auch der ungarische Gutsbesitzer Istvany, dann der Banquier Rosenstock aus Lemberg hier?

Peter (erleichtert). Freilich. Beide Herren sind hier. Den Banquier Rosenstock können Sie gleich sehen. (heimlich auf Rosenstock weisend.) Das ist der Eisbär dort.

Vollauf (blickt verstohlen auf Rosenstock, für sich). Die Figur ist leicht zu merken.

Rosenstock (löst sich gerade mühselig die Schlittschuhe von den Füßen, für sich) Was brauche ich noch zu tragen die Schlittschuhe. Ich werde doch nicht mehr gehen auf's Eis.

Vollauf (zu Peter.) Und wo ist Herr Istvany?

Peter. Draußen auf dem Eisplatze, er muß aber bald hereinkommen, der Eisbär erwartet ihn ja hier.

Vollauf. Hör 'mal Peter! Es ist Dir Alles verziehen, sobald ich mit den Herren Istvany und Rosenstock sprechen kann; aber vorläufig reinen Mund halten. Bleibst Du hier?

Peter. Natürlich, draußen ist's mir eh zu kalt. Und die beiden Herren können Sie leicht hier beisammen treffen, wenn Sie in einer Viertelstunde wieder herschau'n!

Vollauf. Gut! (Abgehend, für sich.) Jetzt kommt die Stunde der Rache! (Mitte ab.)

8 Scene.

Rosenstock, Peter, dann die **Baronesse** und **Marie**.

Peter (beruhigt). Na also! s' geht ja Alles sehr gut! Was kümmert denn das mich, was der Herr von Vollauf mit dem Istvany und Rosenstock zu sprechen hat?

Rosenstock. Ich seh' noch immer keine Susi! Werd' ich noch warten.

Baronesse (tritt herumspähend ein und nähert sich allmählig dem Tische, auf welchem Peter sitzt).

Marie (ist der Baronesse verstohlen gefolgt und geht zum Buffet, wo sie sich eine Orange kauft und dieselbe zu schälen beginnt, dabei verstohlen auf Peter und die Baronesse blickend, für sich). Föderl hat mich den Eislaufplatz verlassen sehen und schien mir zu folgen. Die Baronesse angelt nach dem Baron Lilienthal dort. Jetzt werde ich sehen, was sich weiter machen läßt.

Peter (hat die Baronesse und Marie eintreten sehen, wieder ängstlich, für sich). Uje! Die weiße Rose! Und die Schwester vom Werkführer Stummer! Die Geschichte von der Rose und der Ohrfeige erscheint in zweiter Auflage am Horizonte!

Baronesse (hat Peter wiedererkannt, tritt an den Tisch zu und läßt sich neben Peter nieder. Schmachtend zu demselben). Chevalier! Auch ich suche Sie schon lange.

Peter (ärgerlich). Und warum denn?

Baronesse (betroffen). Warum denn? Lockt Sie nicht der silberne Vollmond auf die silberne Fläche des Eises hinaus? (Zärtlich.) Schlittenfahren möcht' ich!

Peter. Bei der Kälte?

Baronesse (gekränkt) Diese rauhe Antwort auf die zarte Blumensprache? Was haben Sie mit meiner weißen Rose gethan, Chevalier?

Peter (ärgerlich). In's Knopfloch hab' ich sie 'nein g'steckt, dann zu Haus in's Wasser —

Baronesse (schwärmerisch). Ach!

Peter. Und wie sie gestern welk war, in den Mist geworfen.

Baronesse (beleidigt). Herr Baron, wie abscheulich!

Peter (etwas derbe). Meine Gnädige, ich habe nicht die Ehre Sie zu kennen, aber das ewige Frozzeln mit dem Baron ist mir schon zu viel. Mir scheint, daß ich endlich die Richtige getroffen habe, die mir den Spitznamen Baron aufgebracht hat. Ich bin kein Baron, ich hab' nicht einmal noch bei einem Baron gedient.

Baronesse (entsetzt). Gedient? Ja dienen Sie überhaupt?

Peter (kurz). Zu dienen! Dazu heiße ich Peter. Peter Haßler bin ich. Privat=Diener!

Baronesse (springt auf, hält ihr Spitzentuch vor's Gesicht und entfernt sich, erregt für sich) Welche Beschämung!

Peter (befriedigt, für sich). Jetzt hab' ich meinen Zorn heraußen!

Marie (für sich). Mir thut die Baroneſſe leid, aber ich brauche ſie noch. (Zur Baroneſſe.) Was hat Ihnen dieſer räthſelhafte Menſch dort gethan?

Baroneſſe (mit dem Spitzentuche ſich das Geſicht verhüllend). O, liebes Fräulein Marie! Ich ſchäme mich zu Tode.

Marie. Sie verlieren ja die ganze Röthe aus dem Geſichte, wenn Sie ſich ſo viel mit dem Spitzentuche — ſchämen. (Vertraulich.) Sie halten wohl auch den Menſchen dort für den Baron Lilienthal?

Baroneſſe (verlegen, neugierig). Sie wiſſen alſo —

Marie. Wenn Sie auch ſo ein Billet=doux erhalten haben, weiß ich Alles. Discretion gegen Discretion! Ich kann Ihnen ſogar auf die richtige Spur helfen. Ich ver= muthe ganz beſtimmt weiß ich es nicht — aber ich ver= muthe, daß unter dem Namen Baron Lilienthal ſich niemand Anderer verbirgt, als — der Fabrikant Föderl.

Baroneſſe (überraſcht und ſichtlich erfreut). Unmöglich?

Marie. Was wäre unmöglich? Bei Ihrer vornehmen Erſcheinung Baroneſſe, die wirkt gerade auf die Plebejer!

Baroneſſe (verſchämt). Er hat mir aber nie noch den Hof gemacht!

Marie. Wahrſcheinlich aus Scheu, wegen des Standes= unterſchiedes. Herr Föderl befindet ſich ja hier, Sie könnten ſich alſo leicht Gewißheit verſchaffen.

Baroneſſe. In der That, — ich wäre nicht abgeneigt, den Scherz fortzuſetzen. Aber wie?

Marie. Der Schreiber des Billet=doux exiſtirt jeden= falls, er muß auch ein lebhaftes Intereſſe für Sie empfinden, er wird alſo gewiß nach einem poste restante=Brief ge= fahndet haben und wenn Sie aus Herrn Föderl heraus= bringen, ob er einen ſolchen behoben hat, dann iſt ja Alles klar!

Baroneſſe. Ja muthen Sie mir denn zu poste restante geſchrieben zu haben?

Marie (abſichtlich naiv). Freilich, ich hätte ja auch ge= ſchrieben! Schon aus Rache! Alſo: Discretion gegen Dis= cretion. — Auf Wiederſehen! (Eilt in die Garderobe, ab.)

Peter (für ſich). D' Fräulein Marie iſt fort — die Wolke hätte ſich auch verzogen.

9. Scene.

Peter, Rosenstock, Baronesse, Föderl, dann **Marie.**

Baronesse (mit sich kämpfend). Schon aus Rache? Ich will mich ja gar nicht rächen. — Ich bin schon dankbar für jedes Zeichen eines Interesses für mich! Und behoben wurde mein Briefchen auch!

Föderl (durch die Mitte, sich umsehend für sich). Die schöne Marie ist schon wieder fort? Ich habe sie doch hinein gehen gesehen. (Erblickt die Baronesse und grüßt mit einer artigen stummen Verbeugung.)

Baronesse (zu Föderl). Welche angenehme Ueberraschung! Sie sind auch hier?

Föderl (sehr artig). Und komme gerade noch zurecht, Baronesse, Ihnen mein Compliment zu machen über Ihr phantasiereiches Costume.

Marie (blickt von Zeit zu Zeit verstohlen aus der etwas geöffneten Garderobe-Thüre heraus und ergötzt sich vergnügt an der Scene zwischen der Baronesse und Föderl).

Baronesse (zu Föderl). Wie galant! Möchten Sie auch Ihrer Galanterie die Krone aufsetzen? Dann würde ich Sie bitten, mit mir ein wenig Schlitten zu fahren.

Föderl (ärgerlich, für sich). Das auch noch! (Artig zur Baronesse.) Mit größten Vergnügen, nur etwas später, wenn ich bitten darf. Sie dürfen aber nicht harb sein.

Baronesse (schwärmerisch). Später! Ach gerade jetzt leuchtet der Mond so herrlich. —

Föderl (für sich). So komme ich los. (Zur Baronesse.) Hoffentlich leuchtet der herrliche Mond auch noch später; ich muß nämlich noch einem früheren Engagement nachkommen.

Baronesse (sich in den Arm Föderl's einhängend). So viele Rendez-vous haben Sie hier?

Föderl. Das nicht, aber die Damen zeichnen mich in wirklich ganz unverdienter Weise durch ihre Anhänglichkeit aus.

Baronesse (neckend und forschend). Wie viele poste restante-Brief mögen Sie wohl heute allein behoben haben?

Föderl (verblüfft). Baronesse, die Frage überrascht mich.

Baronesse (für sich). Er hat sich verrathen! (Zu Föderl). Allerdings eine sehr discrete Frage. (Drängend). Ach kommen

Sie mit mir hinaus! Darüber läßt sich viel poetischer während des Schlittenfahrens plaudern.

Föderl (ironisch). O, wie poetisch! Nur etwas später! (Unruhig, für sich.) Was will sie nur?

Baronesse (zärtlich bittend). Nicht später. Ich bitte im Interesse einer anderen Dame, die sehr bedauert, einem Irrthum verfallen zu sein.

Föderl (aufmerksam). Einer anderen Dame? Da müßten Sie mir schon den Namen nennen, Baronesse.

Baronesse (verschämt). Nennen wir sie: „Die weiße Rose".

Föderl (erschreckt, für sich). Die ist's also. (Zur Baronesse.) Seien S' nicht harb, aber ich verstehe Ihre Anspielungen nicht!

Baronesse (betroffen). Noch immer nicht? Der Irrthum ist in den ersten Versen enthalten. (Citirt.) „Du mußtest Deine Liebesgluth mit einer (läßt das Wort Ohrfeige verschämt aus). büßen. —"

Föderl (für sich, ärgerlich) Sie ist sie! (Zur Baronesse.) Seien S' nicht harb aber ich verstehe Sie noch immer nicht.

Marie (tritt aus der Garderobe heraus).

Baronesse (verschämt zu Föderl). Mehr zu sagen, schäme ich mich, aber draußen beim Schlittenfahren. —

Föderl (erblickt die Marie, zur Baronesse). Sie spannen meine Erwartung aufs Höchste — aber (auf Marie weisend). Hier kommt schon die Dame, mit welcher ich mich früher engagirt hatte.

Baronesse (eifersüchtig). Ah so! (Für sich.) Die Verrätherin!

Marie (zu Föderl). Ich will durchaus nicht stören und da Sie wieder zu spät kamen, (heimlich und spöttisch) wieder in Folge eines „Anfalles" — (laut) so habe ich mich auch schon für alle weiteren Touren vergeben. (Spöttisch.) So thun Sie doch mit der Baronesse recht schön „Schlitterlfahren". (Vergnügt für sich.) Der hat seine Strafe. (Ab.)

Föderl (zornig, für sich). Schlange! (Sich bezwingend und sehr artig zur Baronesse.) Nun bin ich von diesem Engagement losgebunden und stehe mit größtem Vergnügen zu Ihren Diensten.

Baronesse (an den Arm Föderls angeklammert). Und die weiße Rose spricht weiter: „So viel die Rose Blätter hat, so viel will ich Dich —"

Föderl (mit der Baronesse abgehend, ärgerlich, für sich). Jetzt bekomme ich die ganze Portion Küsse! (Zur Baronesse mit Humor.) So geh'n wir jetzt „Schlitterlfahren," (Beide ab.)

10. Scene.

Rosenstock, Peter, dann **Istvany** mit **Sali** und **Susi.**

Rosenstock. Ich kann noch immer nicht sehen die Susi. Soll ich wieder gehen suchen? Werde ich wieder zehnmal fallen! Dort drüben sitzt ja das Factotum des Malers und hat Nichts zu thun. Werd' ich ihn einladen. (Winkt Peter zu sich.)

Peter (hat es bemerkt, für sich). Aha, dem wird's warten allein schon langweilig. (Geht an den Tisch zu Rosenstock.) Sie haben mich gerufen, Herr von Rosenstock?

Rosenstock. Nehmen Sie Platz. Wollen Sie mir machen einen Gefallen? Sie sind ein junger Mann, was kann leichter laufen auf dem Eise. Suchen Sie mir den Herrn Istvany mit den Damen.

Peter (nach der Mittelthüre weisend). Da kommt der Herr ja schon.

Istvany (mit Sali und Susi an den Armen tritt durch die Mitte ein).

Rosenstock. Ist noch besser! (Zu Peter.) Sie können bleiben sitzen und mittrinken ein Glas Wein!

Istvany (geht lustig mit Sali und Susi zum Tische, an welchem Rosenstock sitzt). Lieber Freund! Da bringe ich jetzt Erfolg.

Rosenstock (springt auf und will die Sali am Arme zum Tische führen). Bin sehr glücklich! Ach reizend sehen Sie heute aus.

Istvany (zu Rosenstock, denselben von der Sali wegziehend). Lieber Freund, das ist Fräulein Sali, die gehört ja mir! (Führt die Sali an den Tisch und setzt sich zu ihr.)

Susi (kokett zu Rosenstock). Herr Banquier Rosenstock? Ich bin die Susi.

6*

Rosenstock (ganz verliebt zu Susi). Sehr schön! Gott wie bin ich belohnt, daß ich habe verfolgt Ihre Spuren lange vier Wochen. (Setzt sich mit Susi zu Tische.)

(An dem Tische sitzen an der einen Längenseite Istvany neben der Sali, an der anderen Längenseite Rosenstock neben der Susi und an der einen Schmalseite Peter. Neben der Sali und neben der Susi steht noch je ein freier Sessel, auf welchen später Franz und Ignatz Platz nehmen.)

Istvany (ruft). Kellner!

Kellner (der sich in der Nähe des Tisches bereit gehalten hat). Befehlen! (Reicht Istvany die Speisekarte.)

Istvany. Das Allerbeste, brauch ich keine Karte. Bringen Sie drei Flaschen Champagner, dann für werthe Gesellschaft drei Fasanen und für mich extra „Schweinernes" aber sehr fett!

Kellner (abgehend). Sehr wohl! (Das Bestellte muß sehr schnell servirt werden.)

Susi (zu Rosenstock). Aber wirklich! Heute sind Sie gar nicht wieder zu erkennen!

Rosenstock (mit der Hand der Susi zärtlich spielend). Seh' ich mich ja auch zum ersten Male als Eisbär.

Istvany (lustig zur Susi). Morgen wird mein lieber Freund schon wieder sein der „schöne Rosenstock!"

Rosenstock. Schmeicheln Sie mir nicht immer!

Sali (zu Istvany). Sie hätte ich auch nicht wieder erkannt, Herr Istvany.

Istvany. Sehr begreiflich, weil heute Gewand gehört nicht mir, sondern der Leihanstalt.

Peter (für sich, ängstlich) 's sind wirklich die Stummer'schen Töchter. Wenn's nur nicht wieder schief geht!

11. Scene.

Vorige, Franz und Ignatz kommen durch die Mitte und suchen im Saale die Sali und Susi.

Franz (zu Ignatz). Dort sitzen sie schon

Ignatz (erregt). Das werden die Zwei sein, der Istvany und der Rosenstock. In mir wurrlt schon Alles!

Franz. Mach' mir keine Dummheiten; die müssen gehörig gefoppt werden.

Sali (hat Franz und Ignatz erblickt, gibt der Susi verstohlen einen Wink). Dort sind Sie schon!

Sali und **Susi** (geben Franz und Ignatz verstohlen Winke, herzukommen).

Franz und **Ignatz** (treten zum Tisch und grüßen). Servus, meine Herrn und Damen!

Sali und **Susi** (zu Istvany und Rosenstock). Es sind Bekannte von uns!

Franz und **Ignatz**. Ist's erlaubt?

Istvany (zu Beiden). Tejcsek!

Sali (vorstellend). Herr Franz Sommer!

Susi (wie oben). Herr Ignatz Steinböck.

Sali (zu Beiden, mit zärtlichen Blicken auf Istvany und Rosenstock weisend). Das sind die galanten Herren, von welchen wir Euch schon erzählt haben.

Istvany (geschmeichelt zur Sali). Danke für das Compliment!

Susi (zu Beiden). Sehr liebe galante Herren!

Rosenstock (geschmeichelt zur Susi). Schmeicheln Sie mir nicht! (Küßt ihre Hand.)

Ignatz (eifersüchtig die Hand verstohlen ballend). Himmellandon! (Setzt sich an die Seite der Susi.)

Franz (sich der Sali zur Seite setzend, spöttisch). Wir haben heute ein besonderes Glück, in die Gesellschaft von solchen Herren zu kommen!

Istvany (schenkt Franz Champagner ein). Tejcsek! Die Herren sind also was man so sagt — jeder der „Freund" von der Sali und von der Susi.

Sali (übermüthig). Ja, das sind unsere „Freunde!" Sonst würde uns ja der Vater den „Ausgang" gar nicht erlauben.

Rosenstock (erschreckt zur Susi). Ah, Sie haben mir ja geschrieben von dem „empörten Vater!"

Susi. Jetzt, wenn mein „Freund" bei mir ist, da ist der Vater ganz ruhig.

Rosenstock (zu Ignatz, ihm einschenkend). Trinken Sie, mein Lieber! (Zu Franz.) Und essen Sie, Schätzbarster.

Peter (ißt und trinkt eifrig, für sich). Essen und Trinken bleibt immer das Reellste. Darauf kann man schon einen Puff aushalten.

(Die Gesellschaft an dem Tische soupirt lustig weiter, wobei Istvany und Rosenstock es mit Zärtlichkeiten bei der Sali und Susi versuchen.)

12. Scene.

Vorige, Föderl mit **Frau Istvany** und **Frau Rosenstock** durch die Mitte.

Föderl (führt die beiden Frauen an einen leeren Tisch, an welchem alle Drei Platz nehmen, für sich). Kaum habe ich zum Schlittenfahren mit der Baronesse einen Diener besorgt gehabt — fallen gleich wieder die Beiden über mich her. (Zu Beiden.) Wünschen Sie vielleicht zu soupiren?

Frau Istvany und **Frau Rosenstock.** Vorläufig danken wir!

Föderl (auf die soupierende Gesellschaft blickend, für sich). Sind schon beisammen. Ich wäre für mein Leben gern dabei. Die Genugthuung habe ich wenigstens, daß die Sali und die Susi in die Falle gegangen sind. Aber der Marie getraue ich mich gar nicht mehr unter die Augen zu kommen. Bei der bin ich schön hineingefallen.

Frau Istvany (heimlich zu Frau Rosenstock). Ich verzweifle schon, meinen Mann hier zu finden.

Istvany (ruft). Kellner! Mir nochmal „S ch w e i n e r n e s" aber sehr fett!

Frau Istvany (erschreckt, für sich). Mein Janos! Er ist's! (Spricht mit Frau Rosenstock) Schweinernes, aber sehr fett, ist seine Leibspeise!

Föderl (für sich). Wenn ich mich losschraube von den Beiden, falle ich wieder der Baronesse in die Hände! Am liebsten möchte ich vor der Marie auf die Knie sinken, ihr Alles gestehen und sie um Verzeihung bitten!

Frau Rosenstock (heimlich zu Frau Istvany). Soll ich das mit ansehen müssen! Mein Rosenstock als Eisbär!

Rosenstock (in fröhlicher Stimmung). Kellner, noch Champagner!

Frau Rosenstock (entsetzt, für sich). Der Verschwender! Seh ich doch schon, zweitausend Gulden Auslagen werden sein zu wenig.

13. Scene.

Vorige. Stummer (durch die Mitte, aus der Pfeife dampfend, übersieht den Saal und bleibt im Hintergrunde stehen).

Stummer. Muß doch nachschauen, was da vorgeht. Ah, dort sitzt die Sali — und die Susi auch. Was sind denn das für andere Herren? Einer schaut gar einem Eisbären gleich! (Beruhigt.) Ah, sind der Franz und der Ignaz dabei.

Peter (hat Stummer erblickt, erschreckt und heimlich zu Rosenstock). Es geht schief! Dort taucht der „empörte Vater" auf!

Rosenstock (wischt sich schnell den Mund mit der Serviette ab und ruft ängstlich). Kellner! Zahl'n!

Istvany (zu Rosenstock). Lieber Freund, was fällt Ihnen ein? Wird Gesellschaft ja erst recht lustig!

Rosenstock (zu Istvany angstvoll). Schauen Sie hin, dort kommt schon der „empörte Vater". Soll ich auch noch bekommen Schläg'?

Stummer (im Hintergrunde, beruhigt). Na, ich kann wieder gehen! Die unterhalten sich ja sehr gut! (Ab.)

Sali (zu Rosenstock, beruhigend). Sind ja unsere „Freunde" da. Sehen Sie, der Vater ist schon wieder fort.

Rosenstock (erregt). Benützen wir den Moment und gehen wir auch. (Will Susi zärtlich umfassen.) Ich bin schon ganz Feuer und Gluth.

Susi (übermüthig). Lieben Sie mich wirklich?

Frau Rosenstock (für sich). Was soll ich sehen!

Istvany (will Sali umfassen). Wein geht schon in's Blut!. Bin ich auch schon ganz verliebt!

Sali (übermüthig). Wirklich? Und wie stark lieben Sie mich denn?

Istvany (will Sali küssen). Wird Kuß am besten sagen!

Frau Istvany (für sich). Schändlich!

Rosenstock (will Susi küssen). Geben Sie mir den ersten —

Franz (mit der Hand zwischen Istvany und Sali fahrend) Halt! Ich bin schon länger vorgemerkt!

Ignatz (zu Rosenstock, drohend). Wird nicht erlaubt!

Istvany (zu Franz). Erlauben Sie gefälligst, gehört heut' Mädel mir!

Franz (zu Istvany). Noch ein Wort in dem Tone und ich schlag' drein. (Reicht Sali den Arm.)

Rosenstock (zu Ignatz). Mischen Sie sich nicht in unser Verhältniß!

Ignatz (zu Rosenstock, drohend). Was Verhältniß! Ich bin der Susi ihr Bräutigam! Verstanden? Ein Wort noch und Sie sind ein todter Mann!

Rosenstock (erschreckt). Kellner zahlen!

Frau Istvany (zu Frau Rosenstock). Sind brave Mädel!

Frau Rosenstock. O, liebe Geschöpfe!

Föderl (für sich). Schau, die Stummer'schen halten sich erst brav! (Lustig.) Aber meine Provinzler hab ich in's Pech gebracht!

Sali (zu Istvany und Rosenstock). Wissen Sie, warum wir Ihnen geschrieben haben? Um Ihnen zu sagen, daß es schlecht gehandelt ist von einem Manne, arme Mädchen zu compromittiren.

Susi (wie oben). Sie haben geglaubt, wir armen Mädchen wären wehrlos? O nein! Wir haben uns jetzt gerächt und wissen Sie wie? Jetzt sind S i e lächerlich gemacht. (Lacht). Hahaha! (Zu Franz.) So lach' doch mit.

Franz (lacht mit).

Sali (zu Istvany). Und das ist auch meine Antwort. Jetzt werden Sie ausgelacht! Hahaha! (Zu Ignatz.) So lach' mit.

Ignatz (lacht spöttisch).

Istvany (zu Rosenstock, lustig) Lieber Freund! Lach' ich auch! (Lacht.) Hahaha! Haben Sie schon wieder gehabt k e i n e n Erfolg.

Rosenstock (zornig zu Istvany). Haben S i e gehabt Erfolg? (Stürzt ein Glas Champagner hinab.)

Istvany (noch lachend). Ist auch Spaß! Tejchef! Trinken wir!

(Föderl, Fr. Istvany und Fr. Rosenstock fangen auch zu lachen an.

Istvany (zu Rosenstock) Lacht auch dort verehrte Gesellschaft! Lachen Alle! Ist auch Spaß! (Ruft.) Kellner, noch Champagner!

Franz (zu Istvany und Rosenstock). Unseren Theil der Zeche zahlen wir! Wir führen nur unsere Damen hinaus.

(Franz, Ignatz, Sali und Susi gehen lachend ab.)

Peter (für sich). Die Stummerischen sind fort, jetzt wird mir wieder leichter. (Stürzt ein Glas aus und fängt an einzuschlafen.)

Föderl (zu Frau von Istvany und Frau Rosenstock). So geht's den zwei lustigen Provinzlern schon seit vier Wochen. So vielen Dominos die schon nachgelaufen sind von einem Balle auf den anderen, sie kommen doch als ganz unschuldige Kindlein nach Haus'; nur ordentlich gerupft. (Spricht weiter mit den Damen.)

Istvany (zu Rosenstock). Lieber Freund! Fällt mir ein, daß wir haben noch zweite Bestellung.

Rosenstock. Nichts will ich mehr wissen, hören Sie mir auf. Ich bin todt vor Schreck und Aerger!

Frau Istvany (zu Föderl). Ja, führen Sie uns zu den beiden Herren, die Sie so gut kennen. Wir sind ja auch als Dominos auf Maskenbällen gewesen. (Erhebt sich.)

Föderl (verblüfft). Mit Vergnügen! (Für sich). Damit bekomme ich sie los! Ich hab' mir's gleich gedacht, daß die schöne „nur mehr etwas verheiratete Frau" auch keine von den Soliden ist! Ich schau mich nach der Marie um. (Führt beide Frauen, die noch verschleiert sind, zum Tische, an welchem noch Istvany, Rosenstock und Peter sitzen.)

Istvany (lustig). Ah, da kommt ja andere werthe Gesellschaft.

Föderl (zu Istvany und Rosenstock). Bedauere, daß Sie schon wieder Pech gehabt haben! Was würden Sie jetzt thun, wenn Sie mich nicht hätten! Die beiden Damen sind auch Dominos von den Maskenbällen. (Vertraulich und mit Nachdruck.) Aber die Richtigen. (Vorstellend.) Eine sehr schöne, „nur mehr etwas" verheiratete Frau!

Istvany (entzückt). Tschek!

Frau Istvany (setzt sich neben Istvany).

Föderl (Frau Rosenstock vorstellend). Die reizende Nichte der schönen Frau!

Rosenstock (mißtrauisch). Kommen Sie wirklich mich zu trösten? Wirklich?

Frau Rosenstock (mit verstellter Stimme). Ach, Sie haben es verdient! (Setzt sich neben Rosenstock.)

Föderl. Augenscheinlich bin ich jetzt hier der Ueberflüssige. Gute Unterhaltung! Auf Wiedersehen!

Istvany (zu Föderl). Das haben Sie sehr gut gemacht!

Föderl (heimlich zu Istvany). Das sind endlich die Richtigen! (Abgehend.) Jetzt wo ist die Marie? Das ist noch das einzige weibliche Wesen, das mich zu behandeln weiß und aus den Resteln von mir noch was machen kann! So bußfertig ist noch keiner nach Canossa gegangen! (Geht ab.)

14. Scene.

Peter, Istvany, Rosenstock, Frau Istvany, Frau Rosenstock, dann **Vollauf** und **Polizeicommissär.**

Istvany (zu Frau Istvany). Belieben gewesen zu sein „schwarzer Domino", oder „rother", oder „gelber" auf den Maskenbällen!

Frau Istvany (mit verstellter Stimme). Immer der ganz Schwarze.

Rosenstock (zu Frau Rosenstock). Und Sie auch, reizende Nichte?

Frau Rosenstock. Ja! Auch!

Istvany. Dann belieben gewesen zu sein derselbe Domino, was immer hat gehabt so großen Hunger?

Frau Istvany. Hab' auch jetzt Hunger!

Istvany (ruft). Kellner! Zwei Fasanen und Champagner!

Rosenstock (zu Frau Rosenstock). Warum so tief verschleiert?

Istvany (zu Frau Istvany). Ja schöne Frau, ist Schleier hier nicht mehr nothwendig. Bin ich auch schon verliebt seit vier Wochen, daß ich jetzt Belohnung haben will.

Frau Istvany. Wir geniren uns! Es könnten auch andere Leute uns erkennen. Bis wir sind zu Hause.

Rosenstock (erfreut zu Frau Rosenstock). Bis wir sind zu Hause? Werden Sie uns auch nicht verlassen?

Frau Rosenstock. O nein! Wir sind sehr glücklich, daß wir Sie heute endlich getroffen haben.

Istvany (fröhlich zu Rosenstock). Bis wir sind zu Hause? Lieber Freund! Haben wir ja doch Erfolg!

(Beide Paare sprechen zusammen zärtlich.)

Vollauf (mit dem Polizeicommissär aus der Garderobe, zu demselben). Dort sitzen die drei Einschleicher und von Zweien auch die Frauen. Ich bitte, dieselben ohne alles Aufsehen zu Protokoll darüber einzuvernehmen, was sie auf meinem Hausballe im Plane gehabt haben.

Polizeicommissär. Es ist während Ihres Hausballes auch ein kostbares Medaillon abhanden gekommen. Beschuldigen Sie die Herren?

Vollauf. Ganz bestimmt und direkt kann ich das nicht. Wenn die Herren das wirklich sind, was auf ihren Visitkarten stand, ist ein Verdacht wohl ausgeschlossen.

Polizeicommissär. Gut. Es handelt sich also vor Allem darum, die Personen-Identität amtlich festzustellen?

Vollauf. Das wird vorerst genügen. Auch bitte ich, mit aller Schonung und ohne alles Aufsehen vorgehen zu wollen. (Abgehend.) Der Augenblick der Rache ist da! (Ab.)

Polizeicommissär (geht zum Tische und setzt sich neben Rosenstock). Die Herren erlauben schon!

Rosenstock (fährt mit Entsetzen auf die Seite). Herr Commissär!

Istvany (jovial dem Commissär ein Glas Champagner vorsetzend). Teschek! Belieben schon zu haben Langeweile?

Commissär. Um das Eisfest nicht zu stören und auch um jedes Aufsehen zu vermeiden, fordere ich Sie auf, Einer nach dem Anderen, auch die Damen, in das Zimmer der Polizei-Inspection hinüber zu kommen. Ich bemerke hier nur noch das Eine: **Auskommen werden Sie mir nicht** und eventuell müßte ich Sie hier im Saale **verhaften lassen:** (Steht auf.) Sobald ich bei der Saalthüre draußen bin, folgen Sie mir Alle nach. (Sieht, daß Peter schläft und klopft denselben auf die Schulter.) Sie auch! Verstanden? —

Peter (reibt sich die Augen erschreckt). Was? Was ist geschehen?

Polizeicommissär (zu Peter). Kommen Sie nur auch mit den Herren hinüber auf's Inspectionszimmer, sonst werden Sie hier arretirt. (Ab.)

(Alle einen Augenblick starr vor Verblüffung.)

Rosenstock (zu Istvany). Daran sind Sie schuld! Ich wäre schon zu Hause und werde jetzt arretirt, ohne zu wissen wofür?

Frau Rosenstock (reißt den Schleier weg und fällt Rosenstock an den Hals). Rosenstock! Was hast Du verbrochen?

Frau Istvany (wie oben, fällt Istvany an den Hals). Mein Janos! Bist schlechter Mann geworden, aber verlasse ich Dich nicht!

Istvany (zu Frau Istvany). Julsca! Bist braves Weib! Wo ist denn Freund Föderl? Muß ich ihm ja danken, daß er mir hat braves Weib hergebracht.

Peter (ängstlich). Es wird immer schöner. (Mahnend.) Sie werden gleich geholt werden!

Rosenstock (hat sprachlos seine Frau umarmt). Laura! — Ich werde Dir sagen: Ich bin schuldig vor Dir und unschuldig vor dem Richter. Wirst Du begreifen meinen Schmerz, wenn ich Dir sag, daß ich habe gebraucht in vier Wochen tausend Gulden? (Auf Istvany weisend.) Aber hier ist der Verführer.

Frau Rosenstock. Und zu der Strafe muß ich Dich auch noch finden vor der Kerkerthüre!

Istvany. Kann nur sein Mißverständniß! Wäre nur fatal, wann wir jetzt wären in meinem Comitat, weil da Stuhlrichter gleich vor Verhör für alle Fälle Fünfundzwanzig anordnet.

Peter (mahnend). Sie werden uns gleich haben!

Rosenstock (ängstlich). Wer geht zuerst?

Istvany. Geh' ich gleich mit Weib! (Seine Frau am Arme führend.) Liebe Julsca! Wird gleich sein vorüber! (Beide ab in die Garderobe.)

Rosenstock. Recht geschieht mir! Abenteuer hab' ich wollen? Da hast's! (Seine Frau führend.) Wir sind unschuldig! Das ist unser Trost! (Beide ab in die Garderobe.)

15. Scene.
Peter allein, dann Kellner.

Peter. Was ist denn nur geschehen, während ich geschlafen habe? Mein Herr wird auch schon sitzen!

Kellner (präsentirt Peter die Rechnung). Bitte, hier ist die Rechnung, Herr Baron. Die anderen Herren sind, wie ich sehe, bereits verschwunden.

Peter (nimmt die Rechnung). 93 fl. 78 kr. Eine nette Zeche! (Gibt dem Kellner die Rechnung zurück.) War aber auch Alles sehr gut!

Kellner (drängend). Sehr schmeichelhaft; aber bitte, ich habe Eile!

Peter. Ich auch! Also halten wir uns nicht gegenseitig auf.

Kellner. Ich bitte nur um die Saldirung, Herr Baron!

Peter (ärgerlich). Peter Haßler heiße ich. Was wollen Sie denn von mir? Ich war ja blos der Gast der Herren!

Kellner. Ah, das könnt Jeder sagen! Wo sind denn die anderen Herren?

Peter (will es nicht sagen). Die zwei Herren? Vor einer Minute waren sie noch da!

Kellner. Also abgefahren! Und Sie hätte ich gerade noch erwischt. Also schnell „ausbüchsen"! Heraus mit dem Portemonnaie.

Peter (öffnet seine Geldbörse). Wird Ihnen nicht viel gedient sein! Ich habe gerade 2 fl. 35 kr. bei mir.

Kellner. Dann lasse ich Sie arretiren!

Peter. Bemühen Sie sich nicht, ich arretire mich gerade selbst.

Kellner. Marsch! Mit auf die Polizei-Inspection!

Peter. Ich bin ohnehin schon dorthin bestellt! Also, wenn's gefällig ist, geh'n wir gleich zusammen. (Abgehend.) So etwas passirt dem anständigsten Menschen. (Ab in die Garderobe.)

Kellner (Peter folgend). Mir scheint, die 93 fl. 78 kr. seh' ich auch nicht mehr! (Ab in die Garderobe.)

16. Scene.

Frank mit **Frida**, **Fuchs** mit **Luise** kommen durch die Mitte, dann **Föderl** mit **Marie**, dann der **Kellner**.

Frank (zu Frida und Luise). Sind Sie nun vollkommen beruhigt? Wir haben Ihnen auf dem Eise glücklicher Weise so viele Herren vorstellen können, daß —

Frida. Sie haben uns gleich anfangs Vertrauen eingeflößt.

Fuchs. Tausend Dank dafür.

Luise. Und welche Angst wir ausstehen mußten!

Frank. Nachdem die Sache eine so ernste Wendung genommen, bleibt nichts übrig, als daß die Damen uns noch heute hier ihrem Herrn Bruder vorstellen. (Spricht weiter.)

Föderl (kommt mit Marie). Ich bin bei der Prüfung schmählich durchgefallen und S i e sind die erste Prämiantin geworden. Fräulein Marie! Holen Sie mich weg von der Schandbank und nehmen Sie mich auf in die einzige Besserungsanstalt, die es für mich noch geben kann — in die Häuslichkeit.

Marie (sieht Föderl mit einem langen ernsten Blick an).

Föderl (innig). Sind Sie wirklich noch harb auf mich? Müssen nimmer harb sein.

Marie (ruhig und innig). Ich war Ihnen ja immer gut, nur — Ihre "Anfälle" hatten mich so abgeschreckt. (Reicht ihm die Hand.) Aber jetzt: Vertrauen gegen Vertrauen.

Föderl (küßt heimlich ihre Hand). Gleich morgen lasse ich unsere Verlobungskarten drucken.

Kellner (kommt zurück, für sich). Na — ich habe doch noch eine Hoffnung, zu meinem Gelde zu kommen!

Föderl (zu Marie überrascht). Dort sehe ich ja die Schwestern meines Spezi Vollauf!

Marie. Ja und zwar mit den beiden Musikanten, aber Ihre Gesellschaft ist verschwunden.

Föderl (überrascht). Richtig! Die Provinzler sind weg! (Zum Kellner.) Ist die Gesellschaft dort schon lange fort?

Kellner (im verächtlichen Tone). Die? Und wie! Ist ja arretirt worden, die ganze Bagage! Entschuldigen schon! Wenn ich nur schon meine Zeche hätte!

Föderl (verblüfft). Arretirt? (Beschämt zu Marie.) Ich habe die beiden Damen für sehr anständig gehalten! Aber freilich! (Ergreift die Hand der Marie.) Gott sei Dank, daß mir so Etwas nicht mehr passiren kann! Werfen wir den letzten Seitensprung auch noch in die Vergangenheit!

Marie (erlustigt). Sie haben eine schöne Confusion angerichtet. (Neckend.) Und warum das Alles?

Föderl. Aus Liebe und Eifersucht!

17. Scene.

Vorige, Vollauf kommt aufgeregt aus der Garderobe.

Vollauf (umherspähend). Wo steckt nur der Föderl? Die Einschleicher leugnen Alles! (Erblickt Föderl.) Ah, dort ist er ja!

Frida (Vollauf entgegentretend). Lieber Bruder, auf ein Wort. (Vorstellend.) Ich stelle Dir hier zwei Herren vor, die so freundlich waren, mich und Luise den ganzen Abend zu unterhalten: Herr Cäsar Frank, Maler; Herr Hector Fuchs, Bildhauer!

Vollauf (verwirrt). Sehr erfreut! Bin also den Herr'n zu großem Danke verpflichtet! Für den Augenblick muß ich um Entschuldigung bitten! Wir sehen uns ja noch hier. (Eilt auf Föderl zu, zu demselben.) Lieber Föderl, ich suche Dich schon überall. Ich habe die drei Einschleicher arretiren lassen! Sie leugnen aber Alles und berufen sich auf Dich, daß Du sie kennst.

Föderl (verblüfft). Was ist Dir denn eingefallen! Den Istvany und den Rosenstock?

Vollauf. Ja! Die Zwei geben auch zu, daß sie so heißen, nur der Dritte schwört, daß er nicht der Baron Lilienthal ist.

Föderl (desperat). Was hast Du da wieder angestellt! Die zwei waren nie in Deinem Hause und noch weniger auf Deinem Hausballe!

Vollauf. Aber die Zwei läugnen gar nicht wer sie sind und auch nicht ihre Frauen, die ich hertelegraphirt habe?

Föderl (entsetzt). Ihre F r a u e n? Die zwei Damen, die mit mir gekommen sind? Heiliger Himmel!

Vollauf (gereizt.) So geh' in's Inspektionszimmer und überzeuge Dich selbst!

Föderl (auch gereizt). Sei nicht harb, aber Du bist ein Viechkerl, wenn Du einmal in die Rage kommst! Die zwei Musikanten, die Du verfolgst, sind Dir gerade von Deiner eigenen Schwester vorgestellt worden. Dort stehen sie! Geh' hin und überzeuge Dich selbst!

Vollauf (ganz confus und aufgeregt). Was? Wer? Wo? Wie? (Stürzt auf Frank und Fuchs zu.) Meine Herren, ein ernstes Wort! Waren Sie die Musikanten auf meinem Hausballe?

Frank und **Fuchs** (zu Vollauf). Ja, Herr Vollauf. Und eben darum ließen wir uns durch Ihre liebenswürdigen Fräulein Schwestern ....

Vollauf (hat nicht weiter zugehört, sondern stürzt gleich wieder auf Föderl zu, desperat). Lieber Föderl, was fange ich denn jetzt an! Wie soll ich mich denn bei der arretirten Gesellschaft entschuldigen!

Marie (zu Vollauf, auf Föderl weisend). Hier steht der Schuldige! In seiner Verliebtheit und Eifersucht hat er die drei Visitkarten beschreiben und vertheilt.

Vollauf (zu Föderl zornig). Sei nicht harb, aber Du bist a u ch ein Viehkerl, wenn Du einmal in die Rage kommst! Jetzt hilf mir heraus aus der Patsche!

Föderl (zu Vollauf). Bist harb? Weißt — ich wurde dazu verleitet durch ein anderes Briefchen, das ich wirklich gefunden habe.

Vollauf. Noch ein Billet=doux?

Föderl. Beruhige Dich! Es war vom Maler Frank, dort steht er ja. (Entschlossen.) Jetzt muß ich aber doch die arretirte Gesellschaft auszulösen gehen. (Abgehend, für sich.) Die werden mich schön empfangen. (Geht ab.)

Vollauf (zu Marie). Was dieser Sausewind Föderl für eine Verwirrung angerichtet hat! Aber es ist ihm Alles zu verzeihen. Die Liebe hat ihn nun doch einmal fest gepackt und dabei so rebellisch gemacht. S i e werden ihn schon bändigen. Ich gratulire Fräulein Marie!

Marie. Danke und auch ich gratulire Ihnen. Sie haben ja dort auch zwei angehende Schwäger stehen?

Vollauf (für sich). Das wäre eine sehr angenehme Aufklärung. (Zu Frank und Fuchs.) Meine Herren, jetzt stehe ich zu Ihren Diensten und erwarte Ihre Erklärung.

Frank. Die ist sehr kurz. Rein aus Künstlerlaune wollten wir einmal einen Hausball incognito als Musikanten mitmachen.

Fuchs (fortfahrend). Dabei verliebten wir uns in Ihre Fräulein Schwestern, nämlich ich in Fräulein Luise, — das ist mein einziger Fehler.

Luise (schelmisch). So?

Fuchs. Pardon! Aber ich bleibe in diesem Punkte unverbesserlich!

Frank. Das heutige Eisfest sollte uns Gelegenheit zur weiteren Annäherung geben. Das ist eingetroffen und so treten wir mit Erlaubniß der Damen offen als Bewerber um deren Hand auf.

Vollauf (verlegen zu Frida und Luise). Da habt Ihr Euch schön aufgeführt! Mir kein Wort davon zu sagen!

Frida. Wie konnten wir ahnen, daß ein solcher Wirrwarr entstehen würde?

18. Scene.

Vorige, Föderl, Istvany sammt Frau, **Rosenstock** mit seiner Frau und **Peter** kommen aus dem Garderobezimmer.

Vollauf (geht Istvany und Rosenstock entgegen). Meine Damen und Herren! — Sie sehen mich in größter Verzweiflung. —

Istvany (lustig). Haben wir Strafe verdient, ich und mein Freund, der schöne Rosenstock, weil wir sind Ehemänner, wo es sich nicht schickt zu machen Seitensprünge. (Zu Rosenstock) Lassen wir Abenteuer sein —

Rosenstock (unterbrechend). Hab' ich nicht immer wollen reisen nach Haus' — ?

Istvany (zu Rosenstock) Lieber Freund! Sie sind aber nicht gereist nach Haus' zu werther Frau Gemalin! Lassen wir also Abenteuer sein und bitten wir unsere Frauen um Verzeihung. (Umarmt seine Frau.)

Föderl (einstimmend). Das ist immer das Allerschönste. Nur nicht harb sein auf einand'!

Istvany (lustig zu Vollauf). Aber das Eine muß ich Ihnen sagen, lieber Freund: Ich habe in meinem Leben nicht gestohlen — auch nicht Medaillon!

Vollauf (entschuldigend zu Istvany). O, ich bitte! (Zu Frida und Luise.) Das muß zu Hause irgendwo verlegt sein! (Zu Peter, ihm die Zigarrentasche präsentirend.) Na, Peter! Für die ausgestandene Angst noch eine „Gute" gefällig?

Peter (sich eine Zigarre nehmend). Sehen Sie's jetzt einmal ein, daß ich kein Baron bin?

Istvany (lustig zu Föderl) Wenn ich aber doch noch einmal gehe auf Abenteuer — S i e lade ich nicht mehr ein — sonst kommt wieder Frau dazu.

Frau Istvany. Lieber Janos! Ich werde schon dafür sorgen, daß Du k e i n e S e i t e n s p r ü n g e mehr machen kannst.

Föderl (zu Istvany). Sein's nicht harb! Es war doch fidel! Und, wie ich gerade zusammengezählt habe, gibt's ja fünf Hochzeiten!

Peter. Ich bitte, 's gibt s e c h s, ich heirathe d' Mehl=speisköchin.

(Bei passender Gruppe fällt der Vorhang.)

E n d e.